RESTOS DE AZUL

Restos de azul

Michel de Oliveira

Copyright © Michel de Oliveira, 2024
© Moinhos, 2024.

Edição Nathan Matos
Assistente Editorial Aline Teixeira
Revisão Aline Teixeira e Nathan Matos
Diagramação Luís Otávio Ferreira
Capa Sérgio Ricardo

Dados Internacionais de Catalogação na
Publicação (CIP) de acordo com ISBD

O48r Oliveira, Michel de
Restos de azul / Michel de Oliveira. - Belo Horizonte : Moinhos, 2024.
118 p. ; 14cm x 21cm.
ISBN: 978-65-5681-156-7
1. Literatura brasileira. 2. Romance. I. Título.
2024-1079   CDD 869.89923   CDU 821.134.3(81)-31
Elaborado por Odilio Hilario Moreira Junior - CRB-8/9949

Índice para catálogo sistemático:
1. Literatura brasileira : Romance 869.89923
2. Literatura brasileira : Romance 821.134.3(81)-31

Todos os direitos desta edição reservados à Editora Moinhos
www.editoramoinhos.com.br
contato@editoramoinhos.com.br
Facebook.com/EditoraMoinhos
Twitter.com/EditoraMoinhos
Instagram.com/EditoraMoinhos

Para Luíz Antônio de Assis Brasil, que salvou a personagem de morrer asfixiada na gaveta.

Lírica
*Quem se lembraria
de trazer-me um pêssego
numa tarde de angústia?*

Araripe Coutinho

Prenúncio de tempestade

Riram quando ela falou que tubarões podem morrer asfixiados. Explicou que não têm brânquias nem bexiga natatória e, caso parem de nadar, morrem asfixiados. Não sabiam o que eram brânquias, muito menos bexiga natatória, então duvidaram. Sentiu-se inapropriada, mesmo que estivesse correta.

Cogitou emendar sobre a possibilidade de baleias se afogarem. Seria mais fácil entender que, como ela, baleias eram inadequadas: mamíferos submersos na água. Desistiu, era apenas a professora de português, sujeita às orações subordinadas e subordinada aos sujeitos. A baleia dos 52 hertz estava sentada no sofá, e nenhuma das outras estava interessada em seu canto. Continuou a vagar na imensidão do vazio.

Na sala, os sujeitos eram cinco: a professora de educação física, a professora de inglês, a professora de geografia, a coordenadora pedagógica e a diretora.

A visita à filha da diretora foi a desculpa ideal para reunir as colegas. Tanto tempo juntas, ensinando enquanto tentavam aprender qualquer coisa, mas com tão poucas oportunidades de encontrar outro assunto que não provas, e fofocas no corredor, e alunos problemáticos, e baixa remuneração, e falta de tempo. Falaram sobre a pequena mulher recém-chegada ao mundo. Mais uma, como elas, para sentir muito.

A diretora, primeira mãe do grupo, contou sobre cuidar da vida expulsa das próprias entranhas. Sensação de êxtase e terror. Desses momentos inexplicáveis, mesmo para uma mulher com tantas pós-graduações.

Apresentou ao grupo a menina com sapatos de lã, ainda que não pudesse colocar os pés no chão. A tiara de grande laço rosa na cabeça e as orelhas furadas com dois pequenos pontos dourados, das primeiras penetrações para se fazer fêmea. Ganhou presentes que seriam pouco usados e algum afeto do qual não se lembrará.

Depois de passar por mãos e braços desconhecidos, sentindo cheiros que não o da mãe, a pequena dormiu e foi levada ao quarto.

Acomodadas no sofá e nas poltronas, perderam de vista a pujante vida, que trazia novidade para os dias cansados. Voltaram a falar de tantas coisas. Também comeram bolo e biscoitos. Algumas tomaram suco. Outra, chá. E ainda duas preferiram café: a primeira sem açúcar, para não dissimular o amargor; a segunda com adoçante, por motivo de dieta.

Pairava uma tarde de sol pouco agressivo, com brisa que entrava pela varanda do apartamento e balançava as folhas da palmeira, encolhida no canto ao lado do sofá. Silenciada a conversa de tubarões e seus afogamentos, falaram com segurança sobre o que não sabiam, até que coordenadora pedagógica se lembrou da menina, guardada na penumbra do quarto.

– Será que a bebê não acordou?

– Não, ela sempre se desespera quando acorda – a mãe tranquilizou.

– Eu também – disse. Mania de professora de português, deixando escapar palavras.

As colegas se entreolharam. Ela riu, para fingir que era brincadeira. As outras também riram, desconcertadas. E assim seguiu a tarde, com dissimulações.

Depois de se expor sem motivo, encenou tomar o chá, frio. Perdida entre pensamentos, considerava que se a professora de biologia estivesse no encontro, explicaria que tubarões podem morrer asfixiados.

Dias nublados

O bando desceu do ônibus em algazarra.
– Esperem na escadaria – a professora gritou.
Ninguém a escutou.
Um pequeno grupo voltou aos berros. O segurança impediu a entrada. Se tivessem prestado atenção, ela nem precisaria repetir que esperassem nos degraus.
Não bastasse a chatice de acordar mais cedo para levar os alunos ao centro cultural, pairava sobre as cabeças o cinza infinito, pesado e abafado, pronto a desabar.
Queria coçar a dobra debaixo dos seios, que não paravam de suar, arrancar o sutiã e gritar com aqueles pestes. Suspirou e repetiu em tom alto que esperassem na escadaria.
Caminhou chacoalhando as carnes fartas. Escalou degrau por degrau. Arfou ao falar com o segurança, informando que era a excursão para a visita guiada.
– Não façam barulho!
Na entrada, a monitora que os recepcionou repetia a fala decorada sobre a exposição: Clarice Lispector... Importante escritora... Epifania... Baratas... Para surpresa da professora, prestaram atenção e, por alguns minutos, silenciaram. A monitora nem precisava falar tão alto para ser ouvida.

Enquanto passava a mão embaixo do seio esquerdo para conter o suor, suspeitou que talvez o problema estivesse em si mesma. Por ser tão banal a ponto de não suscitar qualquer interesse.

— Que mina gostosa — escutou um dos alunos comentar com o colega. Observou a moça: jovem, carnes firmes, jovem, quase bronzeada, jovem, meio bonita, jovem. Talvez também não a escutassem, apenas observassem os seios altivos, a cintura torneada e o quadril alargado em proporção harmônica. Essa constatação se fez incômoda, mesmo que não atentassem para o que dizia, a monitora era notada.

Finalizada a rápida apresentação, os alunos entraram na sala em suspeita reverência.

Entre gavetas e escritos nas paredes, eles perdiam tempo com selfies e pouco se importavam com a exposição. Ela acompanhava calada, menos liquefeita, com o ar-condicionado esfriando o corpo.

Ao entrar no labirinto com retratos de Clarice, foi tomada pelo desconforto. Aqueles amplos rostos a vigiavam. Olhos de cadela parida, cínica. "Quem pensa que é para encarar de maneira tão invasiva?" Saiu logo da sala, bastava a própria censura, não seria alvo do julgamento alheio.

Preferiu ler as frases aleatórias da outra sala. "A explicação do enigma é a repetição do enigma." "Com o perdão da palavra, sou um mistério para mim." "O presente é a face hoje de Deus." "Quanto a mim, só sou verdadeiro quando estou sozinho." Considerou tudo uma bobagem, coisa de desocupada. "Tivesse prova para corrigir, estaria farta de tanta palavra e não escreveria uma linha sequer."

Os alunos voltaram a falar alto. Era o sinal: hora de entrar no ônibus e retornar para o incômodo tão conhecido da escola.

Na saída, as primeiras gotas, minúsculas, respingavam no chão. Os alunos correram aos gritos, tentando chegar ao ônibus antes de a chuva engrossar.

– Maxuel, cuidado para não cair com esse cadarço desamarrado!

Sentou no banco da frente, sozinha. Ao fundo, o burburinho indecifrável. Nem arriscou dizer nada, não seria ouvida. A chuva começou a escorrer pelo para-brisa, as palhetas do limpador indo e vindo. Estava cansada. Era inútil olhar para cima, não havia estrelas.

[...]

Tantos dias presa na escola. Qualquer intervalo ao ar livre, mesmo que respirando a fumaça dos escapamentos, era um alento. O barulho da rua era melhor que o zunido dos alunos. Seguia desatenta, carregando a bolsa preta com provas e trabalhos que gastaria tanto tempo para corrigir. Precisava pegar o ônibus, o cansaço era tanto que nem se apressou.

Passo a passo, pés apertados no sapato, caminhava esfregando as coxas. A fricção abrasando as carnes.

Quando virou a esquina, um homem de avental listrado e touca branca chamou sua atenção. Estava parado, mão sustentada no quadril. Seguiu o olhar dele e deparou-se com a cena: um senhor gordo, branco bigode encobrindo a boca, dentro de um buraco escavado no concreto.

Parou a caminhada para contemplar o funcionário da companhia elétrica engolido pela fenda no chão. Nem notou os outros três que o ajudavam. Fixou o olhar no senhor de bigode grisalho, à vontade no buraco.

O peso da bolsa fazia o braço formigar. O incômodo se espalhou pelo corpo. Nem tinha consciência, foi tomada pelo susto: ela, que há tempos sentia crescer nas entranhas o vasto oco, impressionou-se como aquele homem cabia no buraco. Perguntou a si mesma, sem palavras, quão ampla era para carregar em si cratera cujas bordas erodiam pouco a pouco. Como podia carregar um buraco, se nele cabia um homem velho, estufado pela carga dos anos?

Quando se deu conta, riam dela, estática no meio do calçadão. Apressou em sair dali, bastava ser alvo do deboche dos alunos.

Voltou a friccionar as coxas, em passos apressados, carregando dentro de si o buraco que só aumentava.

No ponto de ônibus, esperou. De pé, ao lado da propaganda de perfume. Uma mulher loira, pele lisa, magra, sorria com batom vermelho para vender o frasco curvilíneo. A medida apresentada pela modelo era inatingível. Incomodada, deu a volta na placa, preferiu ficar ao lado do anúncio impessoal do cartão de crédito.

Sinal vermelho. Os carros pararam em fila desorganizada. À frente dela, estacionou um carro preto, maior do que o necessário, desses que carregam um homem sozinho, com o ego e as inseguranças. Viu o reflexo na lataria polida. Aquilo achatado, deformado, cheio de dobras, como se sentia por dentro. Quis chutar a imagem, virar o carro, eliminar qualquer reflexo, todas as projeções, sumir de si, das próprias vistas.

Verde. O carro foi embora. A incômoda imagem distorcida, no entanto, permaneceu.

[...]

... até o teto do banheiro cair, consumido pelo salitre, são necessárias várias gotas lentas, escorrendo contínuas do mesmo vazamento. Ninguém se importa com infiltração, até que tudo desmorone.

Foram vários os dias em que sentiu a pingueira por dentro. Não queria ir à escola, ficar frente aos alunos, prontos para rir a cada segundo que virasse as costas. Como professora, estava tão exposta quanto corte descoberto. E os alunos eram moscas, zuniam e rondavam até pousar na parte mais inflamada.

Como se não bastasse encolher a barriga para fingir-se segura, era obrigada a pensar em cada palavra. Estava proibida de errar qualquer conjugação. Péssima hora em que decidiu dedicar-se às letras. Se soubesse que o castigo pela paixão por romances, contos e poesias seria assim pesado, resistiria à sedução dos livros. Acabou por ensinar preposições, justaposta em posição imperativa, amparada por verbos auxiliares e adjuntos adverbiais.

Naquela manhã iniciada com reticências, acordou acometida por interjeições e com a incômoda negação: não queria ir à escola. Não aquele dia. Ou depois. Nem nunca mais. Tomada pelo salitre de tantas palavras gastas, sentia-se desfazer aos poucos.

Mais uma vez tentou dar aula: explicar a crase, contudo, ela quem se contraiu. Os alunos falavam entre si, as conversas se fundiam feito reverberação de batidas em canos vazios. Odiou cada um deles. Falava em vão. Odiou todos ao mesmo tempo. Ninguém a ouvia. A voz ativa logo se tornou agente da passiva, e em vez de exclamar, como era de costume, pela primeira vez calou.

Silêncio grave e pesado.

Estava ali, há anos [quantos?], gastando as cordas vocais para ser ignorada. A garganta travou e não foi por causa do pó de giz. Ficou entalada, observando que não era ouvida, televisão ligada para fazer barulho. Não nadaria mais. Parou e se sentiu afundar.

Recostada na mesa, imóvel. As cenas passavam agitadas, as vozes soavam indistinguíveis. Os alunos se calaram e a olhavam à espera de qualquer reação. Continuou catatônica, atingida por elipse infinita. Sequer riram. O olhar petrificado causava medo.

Ele, o mais velho, repetente do oitavo ano pela terceira vez, foi o único com sensibilidade para intervir. Aproximou-se da professora e a conduziu até a sala da coordenação.

Sem o corpo inerte, os alunos irromperam em coro desencontrado. Confabularam explicações para o ocorrido, sem considerar que eram os causadores do pane.

Voltaram a fazer silêncio quando a coordenadora pedagógica entrou na sala e avisou que saíssem mais cedo para o recreio. Advertiu que não fizessem barulho no pátio, as outras turmas estavam em aula. Saiu levando a bolsa da professora.

[...]

Pasta de documentos aberta sobre a mesa da diretora.

Desde que iniciou na docência, há 16 anos, nunca solicitou as licenças-prêmio, concedidas a cada cinco anos, consolação por seguir trabalhando. Acumulou três quinquênios, o que daria direito a nove meses de folga remunerada.

– A liberação e o período da licença são avaliados pela Secretaria de Educação – complementou a diretora.

Ela assentiu com a cabeça.

Permaneceria afastada da sala de aula, a professora substituta chegaria na semana seguinte, aguardavam apenas os trâmites burocráticos. Enquanto esperava a licença ser aprovada, cumpriria a carga horária na coordenação.

A diretora, com olhar de pena, prontificou-se a ajudar com o que fosse necessário para agilizar o processo. Pelo menos três meses de afastamento ela conseguiria, com certeza. A diretora enfatizou ter conhecidos na secretaria, entraria em contato para pedir que adiantassem os trâmites.

Orientou que procurasse um médico. A depender do diagnóstico, facilitaria a liberação.

Ela passou o resto do dia organizando as pastas dos alunos, atividade que repetiria de maneira automática pelos próximos dias, com algumas pausas para revisar documentos, corrigindo vírgulas fora do lugar, adicionando crases, ajustando incoerências e problemas de coesão.

Era boa em revisar os problemas alheios, entretanto se tornou incapaz de lidar consigo. Considerava-se toda errada, como texto impossível de ajustar, mesmo com drástica revisão.

[...]

O médico fez perguntas protocolares. Podia ser estafa, ou síndrome do pânico, ou problemas na tireoide, ou esgotamento, ou... Solicitou exames para avaliar o estado físico e apostou num diagnóstico: síndrome de burnout. Explicou tratar-se de um quadro de esgotamento gradativo, por excesso de trabalho e autocobrança demasiada. Perguntou desde quando se sentia exaurida. Respondeu que não lembrava, há muito estava no piloto automático.

O médico continuou a explicação sobre a doença da moda que ela desconhecia. O termo vinha do inglês, relacionado à queima, como se a pessoa se tornasse cinzas. Ela considerou dizer que não se sentia consumida, mas afogada. Como de costume, silenciou.

Saiu do consultório com a receita dos remédios controlados, a indicação para afastamento imediato das atividades e a recomendação para acompanhamento psicológico. O médico sugeriu também que fizesse uma viagem, iniciasse alguma atividade física e cuidasse da alimentação, comendo frutas e verduras para garantir o equilíbrio do organismo.

Ouviu sem questionar a lista de recomendações, sabia de cor, ainda que não praticasse nenhuma delas. O médico disse tudo o que qualquer pessoa diria, com a novidade para o nome da síndrome que ela nunca ouviu falar, e que não a convenceu. A questão era água, não fogo.

No ônibus, observou a cidade com olhos lentos. Tudo pareceu distante. Naquela tarde, não retornaria à escola, a diretora liberou que fosse para casa depois da consulta.

Antes de subir para o apartamento, passou na farmácia e comprou a medicação. Duas caixas de tarja preta. Preferiu não ler a bula. Seguiu a prescrição do médico: tomou um comprimido antes do jantar e outro meia hora antes de dormir.

[...]

Durante toda a semana, esteve vazia, como se tivesse excretado as tripas. A cabeça tomada por pensamentos esparsos. Apresentava-se impassível, sem nada sentir de bom ou ruim. Parecia empalhada, cheia de alguma coisa que a deixava meio oca. A sensação era branca e opaca, sem cheiro e insípida. As emoções estavam contidas em uma redoma surda.

Quinta-feira, meio da manhã. A diretora anunciou a aprovação da licença: três meses, com processo de prorrogação de mais um trimestre em andamento. Decerto conseguiria mais alguns meses. A pausa confirmada, no entanto, seria suficiente para descansar um pouco, colocar a cabeça em ordem.

Ela só precisaria ir até a sexta, a licença vigorava a partir da segunda.

[...]

Nada levaria para casa quando acabou o expediente do último dia. A diretora não estava, a despedida ficou por conta da coordenadora pedagógica e da professora de inglês. Desejaram que voltasse logo. Repetiram frases feitas, que aproveitasse as férias expandidas para viajar, conhecer novos lugares e pessoas, curtir a vida. Mentiram quando disseram que marcariam um café em breve, para colocar as fofocas em dia.

Abraçaram-na com certa inveja. Continuariam ali, repetindo a ladainha das aulas, por mais alguns meses, até as próximas férias.

Pancadas de chuva

Na manhã da segunda-feira, acordou às 6h. Esqueceu de desativar o alarme, e mesmo que não tocasse acordaria, estava treinada a isso durante anos. Calou o celular e cobriu a cabeça para tentar dormir. Inerte, fechou os olhos, respirou compassado. O sono não voltou.

Fartou-se de fingir e saiu da cama.

Pegou a última banana, escurecida, na cesta de vime sobre a geladeira. Despiu a casca mole, sobreveio a impressão de que qualquer minuto a mais seria fatal para a podridão se fazer presente.

Sentou no sofá mastigando o amarelado muito doce. O relógio na escrivaninha em ritmo insistente. Segundo. Segundo. Segundo. Marcava 9h57.

Observou a nesga de luz que invadia a janela. Os raios solares se debruçavam sobre o braço do sofá, causa do desbotamento do forro. A sala minúscula, sequer podia arrastá-lo para longe da luz. Não cogitou a possibilidade de colocar uma cortina.

Permaneceu sentada. A mancha luminosa se estendeu até a ponta dos dedos, logo expandindo para metade dos pés. O contato com a luz esquentou o corpo. Ao mexer os dedos, percebeu a micose na unha do dedão esquerdo. Sempre aprisionado no sapato, desconhecia desde quando aquelas vidas estavam alojadas nela.

O estômago revolveu. Na boca, o gosto doce da banana misturado com o hálito de não ter escovado os dentes. Olhou no relógio: 10h12. Em alguns minutos soaria o sinal, se estivesse na escola. Sem merenda, seria obrigada a fazer a própria comida.

Entre o armário e a geladeira, encontrou torradas, resto de requeijão cremoso e salame. Colocou a xícara com água da torneira no micro-ondas, 45 segundos, apitou. Dissolveu o café solúvel, depois o açúcar, deixando cair cristais na pia, por fim o leite em pó, que boiou feito poeira, girando no redemoinho incitado pela colher.

Comeu em pé, barriga encostada no granito frio da pia.

Derrubou farelo no chão e não limpou.

Voltou para o sofá, 10h46.

Acompanhou a órbita do ponteiro: segundo, segundo, segundos, minutos: 10h58.

Levantou, procurou um livro na estante. Pegou o mais fino. Voltou para o sofá. Leu a epígrafe, dedicatória, primeira frase: "No final ela morre e ele fica sozinho". O começo não foi animador, largou o livro no braço desbotado do sofá. Não queria palavras, apenas silêncio. Deitou, cruzou as mãos sobre a barriga e fechou os olhos. Ficou parada, afundando em si.

Segundo. Segundo. Segundo.

O relógio insistente, navalhava o tempo em fragmentos repetitivos.

Segundo. Segundo. Segundo.

Abriu os olhos, 11h26.

Tentou se distrair com as teias de aranha no canto do teto. Como os pequenos pontos negros teciam tão fina rede com a linha saída das entranhas? A navalha do ponteiro cortou o fio do pensamento.

Segundo. Segundo. Segundo.

Levantou irritada, pegou o relógio, olhou os ponteiros mais de perto, o tic-tac se tornou intenso. Arremessou as horas no chão. A pilha rolou para debaixo da estante, os fragmentos do plástico partiram em direções incertas.

Voltou a deitar no sofá, cruzou as mãos sobre a barriga e fechou os olhos. Sem a marcha do relógio, adormeceu. Nos ouvidos entrava o som indistinto da rua.

Acordou sem saber das horas. Os cacos do relógio espalhados pelo chão. Tentou descobrir o horário no celular, estava descarregado. O tempo não importava mais.

Tateou com os pés no piso frio até a cozinha. Próximo à pia, sentiu a aspereza dos farelos de torrada encravando no solado grosso do calcanhar. Os grãos de açúcar se dissolveram com a umidade, deixando gotas pegajosas na pia. Nada se movia além da poeira.

Pegou o pote destampado do açúcar e despejou um filete no granito. Bebeu água em um copo sujo e voltou para a sala. Olhou pela janela, impacientou-se com um mendigo que gritava na rua, deixou o corpo despencar afundando na espuma, pegou o livro abandonado no braço do sofá. "A primeira noite em que dormiram juntos foi por acaso", leu o início do segundo parágrafo. Não queria saber do acaso, nem de primeiras noites, tampouco de pessoas que dormiam juntas. Levantou ofegante e colocou o livro no alto da estante, ao lado daqueles que nunca seriam lidos, nem doados, sequer jogados no lixo. Livros inúteis, que serviam para empenar a madeira, juntar poeira e amarelar com os anos.

Ainda passou os olhos pelas lombadas coloridas para ver se algum título a atraía. Estava farta dos livros, tantas palavras, naquela repetição chata de sintaxes e concordâncias verbo-nominais, crases e elipses. Para quê? Queria o silêncio, que todas as bocas emudecessem para sempre. Que na cabeça calasse aquele eco incompreensível que não a deixava ter paz.

O mendigo ainda gritava na rua, ela fechou a janela, em vão.

[...]

No terceiro dia dos muitos que estaria sem a tormenta das aulas, exilada no apartamento, decidiu parar com os remédios. Não corria o risco de ficar sem funcionar em público.

Existir como corpo taxidermizado era efeito direto da medicação. Preferiu arcar com a responsabilidade de suspender os comprimidos. Se tinha angústias e dores, que eram muitas, não haveria de perdê-las: foi o que restou, tudo o que possuía.

E o médico nada sabia, falando em combustão, seu problema era outro: afogamento. Do tanto que engoliu, do tanto que absorveu, do tanto que submergiu, do tanto que aspirou, do tanto que preservou, acabou represada. Afogamento tardio, diria um especialista sério. Causa morte comum às crianças, corpos herméticos e almas silenciosas. Engole, e em vez de padecer submersa, morre no seco, quando a lembrança da água dissipou do corpo. Porque afogamento não é coisa de fora, mas de dentro. É a invasão do corpo que se enche. Do corpo que não tem por onde vazar. Do corpo que não se escoa. Do corpo expulso do vazio do ar, tomado pela intromissão aquosa. O corpo precisa ser um pouco vazio para sobreviver. Se não vaza, as contenções acabam por sufocar a carne. O corpo só é vivo se esvazia. Sístole e diástole. Beber e mijar. Inspirar e expirar. Comer e cagar.

A vida é feita de movimento. Ela se encontrava há tempos com água parada, represada, cheia de larvas, planárias e sanguessugas que se fartavam dela.

Sentia-se como lago. Por mais que fosse abundante, faltava-lhe o principal: liberdade. Estava encarcerada. Mesmo fluida e maleável, carecia do ímpeto de sair em correnteza. Trilhar cursos sem mapa e desaguar no mar, perder-se na imensidão. Tinha por limitação terra que a obrigava a ser contida. Ilha às avessas: porção de água cercada de terra por todos os lados.

Tentou controlar os pensamentos, estava farta das ideias inúteis repetindo dentro dos ouvidos. Pegou vassoura, balde e pano de chão.

Antes de começar a limpeza, lembrou do teste que fez na noite anterior. O açúcar derramado na pia virou uma mancha quase vítrea, ainda que fosca. Sentiu a garganta contrair, no ponto que desde pequena sentia pressionado por não chorar. Estava tão sozinha que nem formigas apareceram. Uma barata que fosse.

A constatação fez a pouca vontade se esvair. Sentiu os ombros amortecidos, ainda assim tentou. Mas desistiu de varrer o chão, de tirar o pó, de limpar as manchas na janela da sala. A faxina se resumiu a esconder o maior problema: tirou a porta do armário do banheiro e a moldura grande da sala.

Tentou encaixar os espelhos ao lado do guarda-roupa, o vão era insuficiente. Encostou-os na cama, sem muito cuidado, e tentou empurrar o guarda-roupa para alargar o espaço, mais pesado do que imaginou. Fazia força quando ouviu o baque.

Os cacos na moldura estatelada no chão exibiam seu corpo como era: fragmentado. Ofegou diante dos próprios estilhaços.

Apressou em ocultar os reflexos pontiagudos, embrulhando os vidros reluzentes em jornal.

Viu as varizes nas pernas refletidas no espelho menor, que ainda resistia de pé. Apanhou a porta de plástico verde e duro. Antes que revelasse o rosto, deixou cair. Por sorte, a gravidade foi favorável e a parte espelhada ficou oculta no chão. O avesso cinza não a agredia.

Colocou os embrulhos de jornal numa sacola de supermercado e passou a vassoura pelo quarto para juntar os fragmentos menores. Fez-se desnecessário afastar o guarda-roupas. Colocou as molduras opacas no lugar. Sem espelho, não via o próprio vulto, assim existia menos. Tornava-se invisível para si mesma, podia suportar com menos angústia os dias de desabamento.

No fim da tarde, nuvens densas encobriam o horizonte feito devastação depois de incêndio. Colocou um pano de chão na porta, a rajada fria arrastava a sujeira pelo apartamento.

Choveria. E muito.

[...]

Deitou cedo, revirou na cama, não conseguiu dormir. Primeira vez, desde os tempos da faculdade, que a insônia a acometia. Nos anos como professora mal conseguia pensar ao chegar em casa. Comia qualquer coisa trazida do supermercado, organizava o material para o dia seguinte, corrigia trabalhos ou provas até cair sobre os papéis. Cedo estava na cama, e dormia. Finais de semana acordava tarde, preparava aula, comia no restaurante perto de casa. Quando queria se divertir, via algum filme triste no cinema da esquina.

Agora, sem obrigações por sabe-se lá quantas semanas ou meses, estava desperta. Desconhecia o apartamento, local de pouso rápido para passar a noite. Desconhecia a si mesma, há tempos ignorada.

Inerte sobre o colchão, ouvia a respiração funda. Na rua, algum carro perdido. As tripas disseram algo que não compreendeu. Outro carro no vazio da madrugada. Ficou em dúvida se o corpo é oco feito os pulmões ou aquoso como o barulho das vísceras. Tentou esquecer o interior, o escuro-quente-escuro causava medo.

A cabeça inventava imagens infinitas. Sair do automático [acordar, café solúvel e pão requentado, escovar dentes, tomar banho, ir para a escola, falar sem ser ouvida] fez com que percebesse a si mesma, e nada seria pior que isso.

Não bastava o medo paralisante do exterior, de todas aquelas vozes, olhos, dedos e pessoas, estaria presa consigo mesma? Inexistia qualquer lugar para fugir, atada àquela carne que se movia. A vida sempre em risco, a qualquer momento prestes, que na iminência constante demorava, demorava a acabar. E acabar dava medo. Também continuar não era bom.

Queria calar a cabeça para não ouvir os carros vagantes na rua e os pedidos do próprio corpo. Dentro de si moveu-se uma bolha gasosa, vagou pelas entranhas até libertar-se com um grito: pedido ou lamento? Era oca, sim, teve certeza, cheia de ar. Uma mulher-inflável. Logo o estômago moveu-se em onda indecifrável. Era afogada, sim, compreendeu, cheia de água.

Vagou em pensamentos incertos. Se ar ou água, não sabia. O sono, contudo, não chegava.

Saiu da cama no meio da tarde. Não que dormisse. Acordou cedo, até, mas não conseguiu levantar. Muita água caía lá fora. O tempo fechado deixava o apartamento na penumbra. Nem mesmo as necessidades do corpo foram imperativas para fazê-la reagir. Quanto mais a bexiga doía, mais ela se encolhia embaixo do edredom listrado. Decidiu não levantar, o corpo que obedecesse.

Passou tanto tempo estática que o teto parecia se mover. Foram horas contemplando a pintura encardida, relevos irregulares, mínimas rachaduras. As várias camadas de tinta sobrepostas se conectavam com o vazio de dentro, composição de extremo niilismo com estética dadaísta. Nada composto pelo vazio. Ou seria o vazio com métrica de nada?

O corpo se rebelava contra aquele desprezo. O estômago, também vazio, reclamou atenção, lançando resmungos contraídos, que reverberavam como o arroto de desentupimento. A cabeça doía de fome. A bexiga pesou tanto que a dor anestesiou.

Foi tempo demais contemplando o teto, deitada com a barriga para cima e os olhos estáticos. As horas seguintes estiveram ocupadas pela análise da parede, deitada de lado, fetal, constrita pelas dores na bexiga.

Fez algumas pausas enterrando-se embaixo do edredom. Emergia quando o calor do próprio corpo quase a sufocava sem ar. O contato do rosto com o frio fora do edredom proporcionava certo prazer.

Mesmo sem ter motivo, levantou. Caminhou observando a bagunça do apartamento. Pia tomada pela louça suja, roupas espalhadas pelo chão, embalagens de comida largadas sobre a mesa.

Tateou descalça até o banheiro, sentou na tampa fria da privada e liberou a pressão da bexiga, aliviando o martírio que infringiu ao próprio corpo. Leve formigamento subiu do baixo ventre. Enxugou-se e levantou a calcinha sem desenrolar o elástico. Deixou o tecido da camisola ocultar o corpo. Suspirou com mau hálito.

Pés no piso frio.

Sentou no sofá, de onde podia ver a janela. Calada, assistiu o fim da tarde engolir o pouco de luz que insistia em acender o dia cinzento. Ainda chovia. As gotas escorriam sem pressa na vidraça.

[...]

Rastro de cebola nas mãos. Tentativa frustrada de fazer a janta. Queimou a carne. Comeu o que restou: apenas arroz. Cheiro de queimado impregnado nas paredes. Ar abafado, preso.

Quis abrir a janela, chovia.

Passou o dia deitada. O tempo despencava feito as gotas.

Por fração incerta, esteve acordada, a se perguntar por qual motivo deveria levantar. Permaneceu deitada, coberta com o edredom. Fingiu dormir. Depois devotou o olhar ao teto.

Saiu da cama quando a dor na bexiga se tornou aguda. Andou descalça até o banheiro. A sensação de alívio foi, mais uma vez, o único prazer do dia.

Para enganar a fome, comeu o resto de arroz do jantar, frio e empapado. Engoliu sem vontade. Encheu um copo com água da torneira, bebeu metade e voltou para a cama.

Passou o resto da tarde deitada. Pode ser até que tenha cochilado por algumas horas. Quando abriu os olhos, noite. Continuava a chover. A cabeça em leve tontura. O estômago revolto solicitava algo para digerir.

Fez ovos mexido e comeu com o pão quase endurecido que encontrou no armário. Por sorte, o leite estava bebível, mesmo depois de dias na geladeira. Dissolveu os grãos de café solúvel em um pouco de água e misturou com o leite.

Entre uma mastigação e outra, questionou-se por qual motivo desprezava tanto a própria alimentação. Contentou-se em terminar de comer o pão, passando-o pelas bolotas de ovos como se fosse guardanapo. Acabou, deixou prato e xícara em cima da mesa.

Olhou pela janela, ainda a chuva. Voltou para a cama e meteu-se debaixo do edredom. Considerou que estava na hora de trocar a roupa de cama, não havia nenhum lençol limpo.

Deitada de barriga para cima, sentia os movimentos do estômago em digestão. Permaneceu na cama, acompanhada por pensamentos ocos. Adormeceu muito tempo depois, sem se dar conta.

[...]

O inferno de mais uma manhã que chovia. Nem chegava a ser temporal, garoa fina e insistente, deixando tudo úmido e escorregadio.

Quando a garoa passou, era início da tarde. A fome impeliu que procurasse comida. Encontrou leite na geladeira. Ao experimentar o primeiro gole, direto na caixa, percebeu o gosto azedo. Jogou o leite na pia.

Ferveu água para preparar um chá de camomila. A caixa mal fechada estava há meses em cima da geladeira. Não achou que fosse um problema, desconsiderava que chá tivesse validade.

Mergulhou o saquinho na água quente. Uma bolha de ar impedia que afundasse. Tentou afogá-lo com uma colher. A transparência tingiu-se de amarelo. Enquanto o chá ficava pronto, esquentou o último pão no micro-ondas. Esse foi o almoço.

Recostou-se na janela da sala segurando chá e pão. Cabeça sustentada pelo vidro, percebeu a propaganda instalada na banca de revistas da rua: "Toda forma de amor é bem-vinda".

Ao lado da banca, um homem deitado, enrolado num saco de lixo para se proteger do frio.

A justaposição do mendigo coberto de plástico preto com aquela frase foi pior que a chuva. Rejeitou a falsidade das palavras e ficou ainda mais suscetível. O que queria vender aquele reclame de amor?

Por duas semanas, foi obrigada a ver o anúncio todas as vezes que ia à janela. À noite, a propaganda do amor se tornava luminosa. Letras pretas no fundo branco irradiavam: "Toda forma de amor é bem-vinda".

Evitou a janela, ficando mais reclusa. Até que um dia teve coragem de olhar para a banca de revista e o prazo de veiculação do amor venceu. No lugar, o anúncio sobre o novo celular com câmera frontal, o melhor para fazer selfies.

O mendigo continuava a perambular pela rua. Ou talvez fosse outro.

[…]

Mais uma vez a chuva escorria pelo concreto e deixava o cinza mais cinza. Os pingos caiam pelo ar, desordenados, fazendo o frio mais frio.

Ela não ousou reagir.

Manteve-se na cama, com a esperança de que algo acontecesse. Mas algo nunca acontece quando se espera. Apenas o vazio e a falta rondando pelo apartamento, visitas incômodas que nunca vão embora. Ela espreguiçou embaixo do edredom. Sentiu o corpo descomprimir. Alongar diminuiu a dor nas costas. Espreguiçou mais uma vez, cerrando os punhos com força até estremecer os braços. Despertou, enfim.

Na sala, olhou pela janela e tentou não se angustiar. Mesmo presa no apartamento, a chuva se fazia sentir, encharcando tudo, umedecendo as superfícies. A vida escorregadia, as cores desbotadas. Parece até que a pressão da gravidade aumenta, o céu pesa sobre as cabeças. Precisava de um dia azul e quente.

[...]

Puxou o edredom para cobrir o pedaço do ombro que ficou de fora. Estaria frio também na rua? Ou a inércia e vazio faziam a temperatura cair dentro do apartamento? Ficaria pior quando a noite chegasse. O escuro gela ainda mais as paredes. Melhor que ficasse quieta, respirando pouco. Pretendia passar despercebida o tempo que pudesse. Talvez assim o corpo esquecesse de ter fome, frio e vontades. Longas pausas na respiração, soltando o ar devagar e enchendo os pulmões sem pressa. Por dentro era invadida por uma calma morna, lenta, pequena. O eco do interfone ressoou pelas paredes. Estremeceu de susto, com o coração palpitando.

Alguém insistia em empurrar o botão 202 seguidas vezes, sem paciência. Tentou imaginar quem. Correios? Não. Crentes? Talvez. Engano? Provável. Lembrou do celular há dias descarregado. E se fosse alguma colega da escola? O tilintar era angustiante. Cobriu a cabeça com o edredom. Maldito quem interrompeu a paz de respiração compassada. Ficou aflita, com a possibilidade de alguém a procurar. Não, não colocaria o interfone amarelado no ouvido, nem diria alô. Quem fosse, não traria nada além de nova tormenta, a começar por acabar com o silêncio. E fora estaria mais frio. Também não tomou banho, nem escovou os dentes. O interfone ressoou mais uma vez. Prendeu a respiração, apreensiva que voltasse a tocar. Segurou o ar até doer no meio da testa. Segundos submersa em si mesma. Tudo silenciou. Voltou a respirar.

No meio da noite, quando levantou para beber água, tirou o interfone do gancho e o largou pendurado, oscilando na espiral do fio.

[...]

A chaleira gritava histérica no fogão. Gotículas fugiam pelo orifício, assobiado longo e agudo adeus.

Então era assim, ela pensou. Assim que a água ia embora, transmutava de estado e partia. O vapor da chaleira se juntava a tantos outros vapores, inclusive ao que dela escapava dos poros, para se adensar em nuvens cinzas que, cheias de si, despencavam do céu.

O uivo da chaleira era cínico. Apressou em desligar o fogo para que calasse. Queria um chá, não ser agredida pela liberdade da água, que escapava transmutando de estado.

A capacidade metamórfica da água era injusta. Podia ser líquida e tomar novas formas. Solidificar e voltar a liquefazer sem sofrer danos. Ou ser gasosa, para evolar como vapor. E ela ali, presa ao corpo.

Aquecida pelo calor da chaleira, algumas gotas ferveram na pele. Foi tomada pela consciência de ser feita de muita água, era inundada. Talvez por isso dias nublados a incomodassem tanto, era parte daquilo.

O corpo também é nuvem, só que mais densa.

[...]

Amanheceu com o cinza sufocando o azul. O prenúncio gris alongava o sofrimento. Impossível escapar, cedo ou tarde choveria.

A luz, fria e difusa, entrava pela janela. Ardor na garganta, nariz seco, testa pesada. Maldita variação de temperatura.

Tudo ficaria pior quando chovesse: corpo comprimido pelas toneladas de água em queda.

Cobriu-se inteira. Dissimulou o prenúncio da chuva até a friagem entrar pelas frestas. Nuvens em revoada, lentas e sombrias, pairavam sobre as cabeças. Decerto na rua andavam apressados. Se estivesse pelas calçadas, seus passos também seriam rápidos. O instinto falaria alto.

Descobriu o peso da chuva quando a mãe ordenou: proibida de brincar na rua. Nos próprios olhos se fez temporal. Ansiava correr sobre os paralelepípedos, suar com a luminosidade quente envolvendo a pele. Por causa de tanta água, estava impedida de ser livre.

Chorou até soluçar, quando se contentou com os brinquedos sobre o tapete da sala. As cortinas fechadas, lâmpada acesa, noite mesmo que fosse dia. Entretinha-se com a boneca, repetindo os movimentos da mãe, que entregava o seio ao irmão. Ficou ali, trancada, sem tocar outras crianças, sem arranhões nas pernas, sem cansar, sem a essência de grama pisada, sem as nódoas na roupa, sem ver o céu.

Brincou até a mãe gritar que guardasse os brinquedos, logo o pai chegaria para o jantar.

Depois de comer, voltou ao tapete. Ficou aos pés do pai, que assistia às imagens chuviscadas em preto e branco. No desenho para adultos, viu ruas tomadas pela enxurrada, carros encobertos, árvores tombadas. As encostas escorriam, a correnteza levava os barrancos. O aguaceiro acinzentava tudo, dentro e fora, até mesmo na televisão. Chuva era lembrança constante da queda, e essa consciência foi tão assustadora que esqueceu de pedir biscoitos antes de dormir. Passou a primeira noite em claro. Se a violência do temporal derrubava árvores com profundas raízes, que faria com ela, de pés tão pequenos?

[...]

Encolhida na cama, tinha fome. Em vez de querer comer, desejou abraço. Não havia braços, no entanto. Agarrou-se ao travesseiro, tentativa de abraçar a si mesma. Era inútil. Abraço é das coisas importantes, não dava para fazer sozinha. Sentiu falta de algum amor impróprio que a abraçasse.

Não que fizesse tanto frio, mas queria calor. Almejava a estrutura de alguns ossos que não os seus, para segurar por fora, sozinha não conseguia manter-se de pé por muito tempo. Talvez fosse egoísta de querer um suporte externo, mas abraços são sempre sustentações mútuas. Um pouco que fosse de braços atados a ela seria suficiente.

A barriga reclamava oca. Quis enfiar o travesseiro dentro de si. Sempre isso: fome a roer as entranhas. O interior carente exigia atenção, reverberando ecos de não ter nada por dentro. Estava farta da fome, da sede, de ser acometida por vontades. Melhor seria existir como fungo, alimentando-se da decomposição, degradando lento e persistente. Fungos não têm desejos, nem carregam a frustração de abraços nunca recebidos. E ainda se beneficiam da chuva, crescem em meio à umidade, fixados no escorregadio, no lodo, na morte. Fungos não sentem falta, estão agarrados à matéria, em abraços constantes. Para ela: fome, vazio e ausência.

[...]

Desceu à farmácia e pediu um Rivotril. Se passava tanto tempo deitada, que ao menos dormisse. O atendente informou que não, sem receita seria impossível. Perguntou se nem o genérico. Não. Algum remédio para dormir que fosse. Nenhum liberado sem receita. Talvez um relaxante muscular ajudasse, não era calmante ou sonífero, mas teria como efeito colateral a sonolência. Sem alternativa, acatou a sugestão. Levou o de 10 miligramas, para fazer mais efeito.

Tomou assim que chegou no apartamento.

Considerou que deveria arrumar a bagunça dos livros no criado-mudo ao lado da cama, deixou para depois. Deitou e pegou o primeiro livro inacabado. Tantos começos sem fim, nem escolheu.

Entreteve-se com a leitura por pedaço considerável de tempo. Foi afundando no colchão. Pescoço encravado no travesseiro. Suspirou fundo, o ar encheu os pulmões sem esforço. Mesmo que aspirasse rápido, nenhuma sensação aguda.

A ponta da língua formigava. O interior da boca parceria maior, com o céu expandido tomado por estrelas pequenas e distantes, que acendiam e apagavam. Os lábios grudaram secos. Engolir estava difícil, a saliva empastada colava na garganta. As pontas dos dedos seguravam o livro como se tocasse espectro, as páginas quase impalpáveis.

Lembrou de ter engolido o pequeno comprimido azul. Estava mais leve, alma flutuando alguns milímetros acima do corpo. Sentia-se ampla, como se as células apresentassem espaço entre si. Com o corpo folgado, respirava sem esforço. Não tinha sono, no entanto.

A sensação era boa e aérea, doía menos existir. Até a tensão na lombar afrouxou. Poderia dobrar a dose e ficar ainda mais leve. Quem sabe tomar todos os comprimidos e relaxar para sempre. Deitou o livro de volta no criado-mudo. Pensava nos pequenos comprimidos azuis. Poderia engoli-los de vez. Muito pequenos. Lembrava dos comprimidos cada vez menores. A língua dormente e a boca seca. Gostava de se sentir estiada por dentro. Menos invadida por tanta água. Fazia sol nos pulmões expandidos. Era verão. O pensamento distante.

Os comprimidos pequenos, quase invisíveis. Lábios grudados. Pálpebras sem fazer resistência. Adormeceu.

[...]

Só ao puxar a corda da privada descobriu: sem água. Baixou a tampa e saiu.

Quando amanheceu, foi impossível ignorar.

Respirou fundo e bateu na porta do vizinho para saber se também estava desabastecido. O homem gordo e suado, de bermuda e meia, respondeu não haver qualquer problema, mas foi à cozinha verificar. Da porta ela ouviu o desaguar na pia. Pediu desculpas pelo incômodo. O vizinho podia oferecer água, não o fez. Ela aceitaria, ele não o fez. Um balde que fosse, para jogar na privada, não o fez. Também não seria inconveniente de pedir.

Descobriu com a síndica que inexistia qualquer problema no prédio, o abastecimento estava regular. Ela também não ofereceu água. Nem mesmo chuveiro emprestado para banho rápido. Como ajuda, a síndica entregou o cartão: marido de aluguel, faz tudo. Pegou o cartão, desculpou-se e voltou para casa.

O ar irrespirável. Urina e merda. Tudo tóxico o que sai de dentro, por isso é preciso se livrar rápido, levar para longe dos olhos e nariz, mesmo que gaste muita água limpa.

Três dias de seca. O macarrão ressecou na panela feito vermes mortos. E a morte exalava seu aroma nos pratos e copos sujos. Os restos, submetidos à ação do tempo, apodreciam depressa. O ar pesado como se a qualquer momento nuvens pudessem se formar no apartamento.

Irônico ficar trancada, sem água, enquanto fora chovia. Quis correr despida pelas calçadas perguntando de quem foi a ideia de inventar o humano. Gritaria louca e nua, toda encharcada. Perderia o medo da chuva e se entregaria primitiva ao choro do mundo. Estaria desabafada e refeita. Enfim poderia morrer, nua, louca e livre, que é tudo a mesma coisa.

Entrou no banheiro carregando a embalagem de água sanitária. Ao levantar a tampa da privada, os gases correram voláteis. Penetraram pelo nariz, ardendo por dentro. Jogou a água purificadora a fim de acalmar o inferno, só piorou. A merda fermentada reagiu ao toque corrosivo do cloro e fervilhou. Redemoinhos invisíveis moviam a matéria em pequenos espasmos. O cheiro tornou-se insuportável. Baixou a tampa e foi obrigada a fazer algo.

Procurou o celular, colocou na tomada, esperou carregar por alguns minutos e ligou para o número impresso no cartão entregue pela síndica.

Ele chegou carregando uma caixa de ferramentas. Teria marido, enfim, para as coisas que os maridos fazem.

O primeiro encontro foi rápido e direto. Os olhos se cruzaram sem interesse. Ele perguntou qual o problema. Eu mesma, ponderou, mas disse estar sem água.

Ele entrou sério e fez cara de fedor ao passar pelos pratos apodrecidos na cozinha. Aquele estranho na jaula a julgava. Os olhos dele gritavam: imprestável. Estava menos fêmea ao ser ameaçada por aquele macho banho tomado, cartão de visita e caixa de ferramentas. Quis fazer jus ao fedor animal e agredi-lo, cavoucar os olhos dele com as unhas, rasgar a superfície e mostrar a carne por baixo da pele. Conteve-se por lembrar que, como bicho, precisava de água.

Ao entrar no banheiro, o homem cobriu o nariz com a camiseta desbotada. Ele tornou-se incômodo como qualquer marido. Pensou em mandá-lo embora e jogar a caixa de ferramentas pela janela, mas precisava de água, fez-se mulher resignada. Ansiou apenas que a nuvem de gases fétidos se dissipasse. Queria banho morno para lhe devolver alguma dignidade.

Depois de investigar, ele avisou: quebraria a parede, suspeitava que o cano principal estivesse entupido. Ela autorizou a destruição.

Logo ouviu marretadas. O homem agredia o azulejo que revidava com farpas agudas e certeiras. Não fossem os óculos de proteção, acabariam por fazer os olhos chorar sangue. Por fim, um rombo na parede expunha a tubulação.

O marido alugado rasgou o cano com a serra e escrutinou o interior com arame longo. A ponta encurvada arrastou o bolo de sujeira e lodo. A água jorrou, desaguando em cascata pela parede. Ele se apressou em estancar o aguaceiro com um encaixe circular. Feito, ao menos o cano não estava mais entalado. Desafogou o piso arrastando a água com o rodo. Ela assistia calada. Com as mãos grossas ele abriu a torneira da pia, depois puxou a cordinha da privada. Nada disse, mas gritou triunfante: é assim que se faz.

Estava cheia daquela empáfia de marido.

Pediu um recipiente. Quando ela retornou da cozinha, ele segurava um pacote com pó branco. Colocou o conteúdo no pote plástico e misturou com água. Tapou o buraco com a papa, sem atentar para o acabamento. Recomentou que não molhasse até que o rejunte estivesse seco.

Sem qualquer pudor, o marido alugado tirou a camiseta, expôs os peitos flácidos, feito olhos de quem padece de bócio. Torceu com brutalidade e colocou no saco plástico que pegou na caixa de ferramentas, de onde tirou outra camiseta, também desbotada, porém enxuta.

Ela, que assistia impassível, sentiu-se incomodada com o preparo daquele marido. Melhor que separassem. Apressou em pagar, para que se fosse e ela voltasse a ser bicho velho preso na jaula.

Ao passar outra vez pela cozinha, o mesmo olhar de reprovação para os pratos sujos. Quis dizer qualquer desaforo, mas preferiu manter a aparência de cordialidade para a separação ocorrer sem maiores constrangimentos.

Ele agradeceu por obrigação e se foi. Não houve qualquer amor.

Assim que fechou a porta, voltou a ser livre. Agitada, limpou o banheiro, só para provar a si mesma que não era nada daquilo que o homem pensou dela.

Nuvens esparsas

Procurou motivo para repetir o insistente ímpeto de desafiar a gravidade e se fazer bípede. Para quê? De que valia tanto esforço? Levantar só para começar outra queda? As respostas o mesmo vazio de sempre, mas fazia sol, após seguidos dias de nuvens ocultando a azulescência. Certo instinto desconhecido assanhava as células.

Abriu a janela e olhou a rua. A brisa morna, com pouca umidade, invadiu o apartamento, percorreu a sala, revolveu a poeira do chão da cozinha, ocupou o banheiro e sem ter aonde ir, fez o caminho de volta e fugiu pela fresta na vidraça.

Vivia melhor num dia sem nuvens, expor a pele ao sol a deixava menos encharcada. Ela apenas seguia o chamado animal, de erguer-se aos raios solares sem precisar de argumentos.

Arrastou-se até a cozinha para umedecer a garganta. Enquanto bebia a água, notou o estado das coisas sobre a pia. Na xícara que dias antes serviu-se de café com leite, boiava na água turva o ínfimo continente esverdeado. Como surgiu aquela vida?

Despejou o conteúdo na pia, o bolor escorreu pelo ralo. Colocou a xícara junto à parede, enfileirando ao lado dela os copos sujos. Aproveitou para organizar os pratos, um sobre o outro. Ordenar o caos é sempre o primeiro ímpeto. Jogou fora as cascas de ovos, ressecadas entre a louça.

Decidiu dar jeito no lixo, que exalava gases. Amarrou os sacos plásticos deixados ao lado do fogão e saiu, sem se preocupar que vestia pijama. Desceu pela escada, acompanhada do rastro fétido.

Atravessou a rua desprezando se alguém a olhava e jogou os sacos no contêiner próximo à esquina.

Voltou pelo elevador, por preguiça de escalar os degraus até o segundo andar.

Ao abrir a porta, algo roçou nas canelas. Olhou para baixo, apenas o átimo de ver o borrão refugiar-se sob o armário. Arrepiou com a sensação do rato atravessando por entre as pernas.

Passou a vassoura debaixo do armário, apreensiva que o rato corresse desnorteado pela cozinha. Os pelos enfileirados não o espantaram. Agachou-se com dificuldade, encostou a orelha no piso frio e viu o borrão peludo na penumbra. Cutucou com a vassoura, tentando esmagá-lo, mas ele correu para o banheiro.

Suspirou fundo, culpando-se por ter saído da cama. Tudo o que menos precisava era lidar com medos exteriores vagando pelo apartamento. E se imaginasse coisas? Ou talvez enfim estivesse louca. O arrepio provocado no breve contato dava certeza de que preservava algum nível de sanidade.

Não queria encarar a morte, tornando-se algoz do rato. Fosse hábil em se comunicar, pediria por gentileza que saísse como entrou. E se solicitasse ajuda a algum vizinho? Quem sabe à moça da limpeza? Péssima ideia, ter alguém em casa seria mais incômodo que receber o rato, ao menos não julgaria as condições do apartamento. Talvez até tenha sido atraído pela insalubridade. Sentiu-se ratazana gigante, rainha da imundície, culpada por deteriorar tudo ao redor.

Poderia apenas ignorar, esperar que escapasse por algum buraco. Nem mesmo um rato aturaria sua companhia por muito tempo.

Curiosa, foi ao banheiro. Acendeu a luz e fechou a porta. Na mão, a vassoura empunhada como lança. Nada no box. Nem detrás da pia. Chacoalhou o cesto de roupa suja, nenhum movimento. Investigou com desconfiança atrás da privada, quando descobriu o corpo encolhido entre a porcelana e a parede.

Aproximou a vassoura e fez o bicho se revelar: um gatinho de pelo encardido, como que feito de retalhos de vários outros gatos. Espantou-se com a vassoura, eriçou o pelo e soltou o chiado de pequena fera, dentes e garras à mostra.

O gato passou a tarde recluso. À noite, como que impelido pelas sombras, andou desconfiado pelo apartamento. Estava deitada no sofá quando o avistou. Desenrolado, era maior do que aparentou no contato da tarde.

Com passos inaudíveis, farejava cada pedaço, talvez pela apreensão do desconhecido. Sentou ao lado do sofá, enrolando o rabo sobre as patas, e miou. Por qualquer inteligência instintiva, chamou por ela, que compreendeu o pedido. Comovida por saber do vazio e da falta, reagiu. Caminhou descalça até a geladeira. Apenas leite para oferecer ao intruso.

Despejou em um pote plástico o pouco que restava na embalagem . O gato esperava ao lado do fogão. Quando recebeu a janta, cheirou e pôs-se a miar com insistência.

Após segundos de incompreensão, deu-se conta de que o leite estava gelado. Colocou o pote no micro-ondas. Passados dez segundos, experimentou a temperatura com o dedo. Morno. Devolveu ao gato, que engoliu apressado, fazendo pequenas ondas na rasa superfície branca.

Assistiu ao jantar felino com certo ímpeto prazeroso: comunicaram-se. Há algum tempo não estabelecia diálogo com outra vida, mas aquele animal magro, de aparência reciclada, contou a ela seus anseios de fome: queria continuar vivo, e foi capaz de entendê-lo, sem esforço.

O gato saiu lambendo os bigodes. Subiu no sofá, apalpou a espuma, aninhou-se e dormiu, como se estivesse em casa.

[...]

Ao amanhecer, encontrou o tapete retorcido no banheiro. Quando desembrulhou, a dádiva do gato. Acostumada a estar só, esqueceu do inquilino, mas o cocô a fez relembrar. Estendeu o tapete sobre o vaso, as bolotas mergulharam na água e deu descarga. Subiu leve frio na barriga: quase pisou, estava descalça, como sempre. Considerou essa pequena sorte o sinal de que seria um bom dia.

O gato miou ao vê-la entrar na sala. Enquanto abria a janela, ele passou por entre as pernas e a acompanhou à cozinha. Lambeu o pote vazio, ela constrangeu-se. Nem leite havia para oferecer. Miou outra vez.

Abriu a porta para ver se ele partia. O gato coçou as costas com uma flexibilidade assustadora. Não teve coragem de enxotá-lo.

Se era para ele ficar, mesmo sem convite, precisava ao menos garantir que não passasse fome. Calçou os chinelos e desceu ao supermercado.

Frente aos pacotes de ração, desconhecia qual a indicada: castrados, até três anos, previne bola de pelos, premium, super premium, sabor salmão, filhotes, essa pareceu adequada, devia ser filhote, não era muito grande.

O cocô no tapete do banheiro não podia se repetir. Procurou uma solução nas prateleiras. Deparou-se com os pacotes de areia: sílica, torrões firmes, grãos médios, delicado aroma floral, foi a escolha, não queria o apartamento fedendo, bastava a sujeira acumulada.

Precisava de um recipiente para colocar a areia. Encontrou bacias de tamanhos e profundidades variadas. Escolheu a mais barata, de um plástico esbranquiçado, com alguns pontos semitransparentes. Ao lado das bacias, pás com furos, para coletar o cocô. Pegou uma, lilás. Devia comprar alguma coisa para si, incluindo comida e creme dental.

O gato a recebeu na porta. Considerou o gesto gentil. Abriu o saco da ração e despejou um pouco sobre o leite seco do pote.

Enquanto o gato comia desesperado, como se a ração pudesse escapar, colocou a bacia ao lado do botijão. Cobriu o fundo com uma camada de areia, que exalou o enjoativo cheiro floral.

Foi só apresentar a bacia que o gato aprendeu boas maneiras. Virou-se de costas, como se estivesse tímido, e mijou, cobrindo logo em seguida. Observando à cena, refletia sobre a incoerência das coisas, o bicho por instinto cuidava da própria higiene enquanto os alunos eram incapazes de jogar os restos na lixeira. E ela, que queria acusando os outros? Sequer cuidava da própria casa.

Quando parou de divagar, procurou pelo gato. Dormia enrolado no canto do sofá. Coçou o sovaco e decidiu comer biscoitos.

[...]

Tudo o que ela sentia era falta. Naquela noite tomada pela friagem, desejava algo que não sabia o quê. Aquecedor queimando o ar e deixando a vida irrespirável. Sentia-se seca, desidratada dentro e fora. A saliva descia com esforço.

Buscou água.

Abriu a torneira e encheu o copo largado em cima da pia. Talvez estivesse sujo. Engoliu trazendo alívio à garganta. A alma continuava esturricada. Que fazer para regar o que do corpo não é matéria?

Sentiu a pelagem roçar nas pernas e o miado rouco pedindo comida. Olhou para baixo e percebeu que o gato estava maior. A vida seguia, insistente, expandindo mesmo em condições tão inóspitas quanto a do apartamento.

Agachou segurando o gato pelo meio.

Sentou no chão frio da cozinha. Pelo macio e quente. Calor de vida pulsante. Olhou para o gato como se interrogasse Deus.

Ele se esquivava, mostrando as garras. Ela segurou com força, aproximando-o do próprio corpo. Arrepiou com aquele contato. Estava agarrada à vida. A insistência do gato em se soltar a excitava. Tinha nas mãos a busca pela liberdade.

Tantos cheiros entre os pelos. Texturas em cada parte do corpo. Ossos, e pele, e carne, e movimento, e temperaturas. Encostou o nariz no focinho frio e sentiu a reação ao contato.

Apertou o corpo quente e peludo. O gato reagiu com violência ao abraço. Soltou um miado abafado, sobressaltou as unhas e a arranhou no lábio. Assustada, afrouxou os dedos. O gato correu sem olhar para trás.

Um filete de sangue escorreu do rasgo. Ela aproximou o dedo e sentiu a ponta umedecer com seu interior líquido que vazava. Passou a língua pelo lábio e experimentou o gosto salgado, quase metálico. Sentiu também a ardência das células separadas.

Continuou sentada no chão, apertando o lábio para estancar o sangue, até que o gato voltou pedindo comida.

[...]

Desde que o gato invadiu o apartamento, ela passou a levantar cedo, só para colocar ração, trocar a água e limpar a caixa de areia. Foi obrigada, também, a descer o lixo com frequência, senão o ar ficava irrespirável com o cheiro de amônia. Naquela manhã, no entanto, o ritual de todos os dias não se cumpriu. Quando saiu da cama, em vez de miados, silêncio.

Não estava na cozinha, nem no banheiro. Olhou debaixo do armário, atrás da geladeira e ao lado do botijão. Não o encontrou no cesto de roupa suja, nem nos braços do sofá. O gato fazia falta na estante dos livros e na cadeira da escrivaninha, onde tantas horas gastou elaborando aulas.

Quando decidiu chamá-lo, deu-se conta de que não o castigou com nome. Deixou que fosse livre para ser o que era, sem emblemas ou epítetos.

– Gato.

Sem resposta.

A janela aberta e o desespero.

Olhou para baixo, nada além de lixo na calçada. Pela primeira vez considerou a necessidade de uma tela. Culpou-se por não ter pensado antes. Olhou para baixo outra vez, quem sabe estivesse ferido em algum canto. Desconhecia que o gato não morreria ou sofreria dano grave se caísse do segundo andar.

Desceu apressada.

Caminhou investigando os possíveis esconderijos. Nada. Gaguejou ao falar com algumas pessoas: o jornaleiro do quiosque em frente ao prédio, o vendedor da banca de frutas na esquina, a atendente do salão de cabeleireiro. Ninguém viu um gato de pelagem manchada, talvez machucado pela queda.

    Retornou ao apartamento desgastada pela procura inútil e por falar com os desconhecidos, que a olhavam com a expressão vaga dos alunos. Estava sempre falando sozinha e nenhuma das coisas que lhe interessavam, fosse português ou o gato intruso, prendia a atenção alheia.

    Sentada no sofá, o minúsculo apartamento pareceu maior, a ausência, mesmo do gato, se fazia gigante. Sentiu o peito apertar. Aqueles dias de contato irracional com o gato trouxe conforto que há muito não experimentava. Ele entrou sem ser convidado, miava e corria atrás dos tufos de poeira, e sumiu deixando pelos como vestígio.

    Ao longo dos anos, se afastou de tantas coisas evitando sofrer as perdas, para padecer por causa da invasão do pequeno intruso que sequer procurou. Queria o gato, para que fugisse quando tentasse pegar. Por que não pensou na tela? Era incapaz até mesmo de cuidar de uma vida daquele tamanho? Fingiu não se afetar pelo sumiço, mas a negação trazia o sentimento angustiante amplificado pela ausência que preenchia o apartamento.

Próximo do meio-dia, o gato saiu do quarto, despreocupado. Entrou na caixa de areia, mijou, cobriu com cautela e correu pela sala atrás de uma pelota de poeira. Miou quando a viu. Era hora do almoço.

                             [...]

Após muito relutar, convenceu-se que precisava comer. Arrastou os pés descalços até a cozinha, em busca de algo que garantisse a sobrevivência.

Nada na geladeira além da garrafa com água da torneira e a embalagem com fatias estragadas de presunto na gaveta embaixo do congelador. Bebeu um gole direto no gargalo, esfriando o interior vazio. Péssima ideia beber a água, a cascata desceu pelo esôfago agredindo as paredes estomacais.

Abriu o armário e encontrou torradas amolecidas. Mofadas. Comeu um pedaço. A lembrança instintiva de que mofo fazia mal a impeliu, poderia acabar com os dois problemas que a afligiam: a fome e a vida. O gosto mofado, no entanto, era intragável.

O gato aproximou-se, em movimento sinuoso e macio. Miou fraco. Ela pegou o saco de ração em cima da geladeira, despejou uma porção grande no prato. Por ter deixado a embalagem aberta, o cheiro dissipou e o gato fez melindre para comer. Miou sem ser atendido, compreendeu que não receberia comida nova e comeu os grãos sem gosto.

A ressaca ondeante do estômago não passava. Sentia leve tontura, vomitaria se armazenasse algo no estômago além de água, bílis e vazio.

Precisava comer.

Experimentou a comida do gato. Estava mole e sem gosto. Bolinhas de serragem, sabor de cadeira velha moída, com indícios de alguma essência artificial de peixe. Ela não gostava de peixe, desistiu de comer a ração.

Sem alternativa, viu-se obrigada a descer e comprar algo para comer no supermercado. Se fosse mais difícil, organizaria melhor a despensa, mantendo estoque. Mas era só atravessar a rua. Na realidade, ela se comoveu com o gato, sem condições de comer aquilo. Desceu pelas escadas, não queria correr o risco de encontrar algum vizinho no elevador.

Chegou ao caixa apertando junto ao peito pão, presunto, leite, margarina e o pacote de ração, sabor carne, aroma idêntico ao natural, dizia na embalagem.

O atendente, de bochechas rosadas e cabelo empastado, com nenhum fio fora do lugar, observou sem entender. "Porque não pegou uma cesta?"

Descuidada, largou os produtos na esteira.

– Boa tarde.

Nenhuma resposta.

"Mal-educada." O rapaz passou os produtos com rapidez.

– Vinte e quatro com cinquenta.

Olhou para ela: cabelos desalinhados, órbitas dos olhos escurecidas, rosto despido de qualquer vaidade. Encarou tão incisivo que ela se constrangeu e passou a mão na cabeça, tentativa de organizar as mechas.

Estática, ocupava o estreito corredor entre os caixas. No moletom preto, os pelos do gato. "Deve morar sozinha."

– Vinte e quatro com cinquenta.

O rapaz desviou do rosto cansado. Passeou os olhos pelas mãos de pequenos dedos roliços, unhas sem esmalte. Nenhuma aliança. "Sim, mora sozinha."

– Senhora, qual a forma de pagamento?

Ela arregalou os olhos. Lembrou da carteira em cima da escrivaninha.

Caminhou para a saída sem nada dizer.

"Que louca." O atendente apertou o botão para que a supervisora cancelasse a compra.

[...]

Chegou apressada ao banheiro. Queria se limpar o mais rápido possível e voltar para cama, antes que o calor dissipasse do edredom.

Em frente ao armário, sem espelho, certo alívio por não ver a cara projetada. O opaco do plástico esverdeado era confortável. Tirou o blusão e o arrepio correu pelas costas. Os mamilos encolheram, como passas de uva escurecidas e túrgidas, orbitadas por uma mancha amarronzada, de circunferência ampla e irregular. Tirou a calça de moletom felpudo. Colocou as peças sobre o tampo da privada.

Entrou no box de calcinha. Ligou o chuveiro, deixando escapar pouca água. A resistência fez barulho, reclamando da sobrecarga, mas era o jeito de a água não ficar tão fria. Em dias assim, era castigada por ter procrastinado a troca do chuveiro.

Desvencilhou a cabeça do fluxo das gotas, tentativa de manter os cabelos secos. Esfregou o sabonete sem muito cuidado na cicatriz da cirurgia para retirar o útero, demorou nos locais de perigo: embaixo dos braços, dobra dos seios, o umbigo fundo. Tirou a calcinha, apenas no momento necessário para que ficasse nua o mínimo possível. Fez espuma na proteção de pelos, passou a mão com cuidado no início do íntimo. Lavou também o fim.

As partes do corpo fora da água esfriavam, e ela se mexia para a mornidão a cobrir por inteiro. Enquanto tentava se manter aquecida, ensaboou a calcinha. A frieza a obrigou a ser pouco cuidadosa, enxaguou rápido, torceu e perdurou no pequeno varal metálico ao lado do basculante.

Lavou o rosto tentando não molhar ainda mais os cabelos. A espuma fez arder os olhos. Se apressou em terminar. Fechou o registro e sacudiu as carnes, tremor amplificado pelo frio que ajudou a escorrer o excesso de água.

Quando saiu do box, o gato estava sentado em cima do moletom. Ela se constrangeu com o olhar curioso, sentiu a nudez censurada. Pegou a toalha pendurada no suporte e tentou se proteger enquanto se secava. O gato insistia em encarar. Ela virou de costas, o que não impediu o constrangimento, sabia que continuava a olhar para o verso de bunda flácida.

Estendeu a mão e arrastou uma das calcinhas do varal. Aproximou da bochecha para identificar se estava molhada ou fria. Continuou na dúvida. Vestiu mesmo assim, escondendo-se do gato, que se manteve censor, como a Serpente que levou Eva a se dar conta da nudez. O olhar do gato incomodou tanto que nem se deu conta: também estava nu, ainda que muito mais protegido com seu casaco de pele. Os pelos dela, apesar de densos e fartos, teciam apenas pequeno escudo, o resto do corpo ficava exposto, desprotegido.

Espantou o gato de cima do moletom. Sacudiu o blusão para tentar se livrar dos pelos, meteu-se nele, vestiu a calça, pendurou a toalha de volta no suporte e saiu com passos largos no piso frio, vislumbrando as meias deixadas sobre a cama.

[...]

O gato estridia em uivos na madrugada. Ela levantou para ver o que acontecia. Ao lado do sofá, ele se contorcia, rolava pelo chão soltando longos miados. Parecia mau agouro. Aproximou-se e, ao contrário das outras vezes, não correu, veio para perto dela, em busca de afagos.

Olhou nos quadrados do piso, nenhum indício de vômito. Na caixa de areia, tudo parecia normal: cocô encoberto pelos torrões cinzas, ao lado de manchas úmidas de urina. Mexeu na areia com a pazinha, a consistência das fezes era a mesma de sempre, não estava com diarreia ou algum desarranjo do tipo.

Apesar de tudo aparentar normalidade, o gato continuava a se retorcer no chão, com grunhidos escandalosos. Sem saber o que fazer, voltou para o quarto. Fechou a porta para abafar os miados.

O toque da campainha a despertou. Levantou desorientada. A luminosidade intensa invadia a janela da sala. Abriu a porta, despenteada. A síndica esqueceu do bom-dia, queria saber que barulheira foi aquela na madrugada. Nem precisou explicar, o gato apareceu com seus miados, tentando sair porta afora.

A síndica perguntou há quanto tempo estava com ele. Alguns dias, talvez semanas, quem sabe mais de um mês. O gato entrou e ficou, tentou se explicar. A síndica fez cara de desagrado. Não eram proibidos animais no prédio, mas daquele jeito, com tanto escândalo, seria impossível.

Precisou segurar o gato para que não descesse pelas escadas. Era a primeira vez que tentava ir embora desde que invadiu o apartamento, talvez estivesse farto da monotonia. Por um momento pensou em deixá-lo partir. Não queria arcar com a perda, então o segurou. A síndica orientou, em tom imperativo, que levasse o gato ao veterinário, com aqueles miados lânguidos, sentia muita dor, se demorasse, capaz até que morresse. E que fosse logo, para não receber queixas dos vizinhos.

Antes de ir embora, a síndica ofereceu uma caixa de papelão.

Quando voltou do apartamento da síndica, furou as laterais da caixa com uma faca e embrulhou o gato.

Desconfiada, andou pelas ruas. Silenciosa e oculta, carregava no colo um lamento. O gato tinha coragem de se expressar de maneira explícita, gritava em público a agonia de existir, coisa que ela era incapaz de fazer. Sentia-se observada e julgada, mesmo que ninguém a notasse.

Não leu o cartaz para tocar a campainha, forçou tentando abrir a porta, o vidro estremeceu. O barulho chamou a atenção da recepcionista, que destravou a fechadura e estendeu o dedo para o cartaz.

Sem cumprimentos, entrou na sala refrigerada. Os uivos escapavam pelos buracos.

Informou que o gato estava doente. A recepcionista perguntou quantos meses, se foi vacinado, se era castrado, se tinha raça definida. Respondeu que não sabia. A recepcionista deu as costas. Voltou da outra sala acompanhada do veterinário.

O homem, jovem, branco e de barba muito escura, estendeu a mão e sorriu. Uns dentes bonitos, ela considerou, mas esqueceu de sorrir de volta, o que foi providencial, não escovou os dentes antes de sair. O veterinário pediu para ver o paciente. Ela apontou para a caixa sobre o balcão.

Ele abriu a tampa com cuidado, evitando qualquer tentativa de escape, o que nem foi necessário, o gato repousava quieto, persistindo no canto lamentoso. Pegou o gato no colo e logo deu o diagnóstico: ela não padecia doente, apenas acometida pelo cio.

Ela?

Informou que estava um pouco precoce, quis saber quantos meses a gata tinha. Repetiu que não sabia, apenas entrou no apartamento e ficou. Ele perguntou se foi vacinada. Respondeu que não.

O veterinário comentou que para entrar no cio estava pelo menos com cinco meses. Ela quis saber como, se ainda era filhote, pequeno, quer dizer pequena. Não cresceu muito por causa das características genéticas, a alimentação deficiente contribuiu para o desenvolvimento deficitário, ele explicou.

Sabe-se lá como sobreviveu, complementou, isso ela entendeu com clareza.

Restava aguardar o fim do cio, de oito a dez dias, acompanhando as lamúrias da gata. Depois disso o indicado era castrar, podia optar pela injeção, que aumentava o risco de câncer de mama e de inflamação no útero, não recomendava. Como aturar tantos dias com aquele lamento? Os vizinhos reclamariam. O veterinário indicou um spray, enfatizando que era paliativo. A única solução era esperar, e quando acabasse o cio, marcar a cirurgia, assim evitava de acontecer outra vez. Também precisava colocar as vacinas em dia, e administrar vermífugos e multivitamínicos, e comprar ração de qualidade, premium, para evitar futuros problemas renais e no fígado. Apresentou o orçamento, bastante dinheiro. Viver tinha preço elevado, mesmo para uma gata, pensou.

O veterinário colocou a gata de volta na caixa e a acompanhou até a porta, insistindo que assim que passasse o cio deveria ligar para agendar a castração.

[...]

Coçou embaixo do peito. As costas doíam por causa da má postura no sofá, mesmo assim não sentou de maneira confortável. Lia embaralhando as frases na cabeça, sem entender o que as palavras diziam. Os lamentos da gata a deixariam louca. A tarde estava abafada, com poucas nuvens, por isso surpreendeu-se quando a chuva começou a bater no vidro da janela.

Não fazia sentido chover sem prenúncio. O barulho das gotas atrapalhou ainda mais a leitura. Voltou alguns parágrafos para buscar o fio perdido entre as letras. Um pai escrevia para a filha que acabara de nascer, ele era velho. Umas lacunas no meio das frases, perdeu-se outra vez. Ao virar a página, distraiu-se com pensamentos desencontrados, que se misturavam às palavras lidas sem atenção aos miados insistentes, formando coro indistinto na cabeça. A água escorria pela janela.

Até quando a maldita chuva? Ainda assim, inesperada, nem deu tempo de se preparar. Considerou ir para a cama, ao menos o quarto era escuro. Ficaria deitada, barriga para cima, pressionada pela gravidade. Seios achatados, caindo pela lateral do corpo. Aquela água toda acabaria por afogá-la.

Desistiu do livro e foi ver se a chuva invadia o apartamento. O céu azul causou estranheza. Chegou mais perto da janela, o vidro estava molhado, mas o asfalto, seco. Chovia só para ela agora? Uma nuvem estacionada na cabeça, era isso?

As gotas continuavam a escorrer. Colocou a cabeça para fora. Um fio de água caiu na testa. Era a vizinha, lavando a janela no apartamento de cima, só para importunar a tarde com a angústia de uma chuva que nem acontecia.

Fechou a janela irritada com aquela piada sem graça. Decidiu ir para o quarto. Atirou-se na cama e não ficou de barriga para cima. Enfiou a cara no travesseiro, a ponto de sufocar afogada na espuma.

[...]

Aproveitou que fazia sol para lavar a roupa. Apartamento tão pequeno que nem coube máquina de lavar. Ao ver o tempo bom, colocou as roupas numa sacola plástica e se apressou em chegar à lavanderia antes que a vontade passasse, ou algum medo infundado tomasse conta da cabeça e estragasse o dia.

Por sorte, apenas a atendente dobrando camisas de time e cuecas de algum homem solteiro ou separado, nenhum cliente à espera nas cadeiras, trigêmeas, com estofado azul.

Colocou as roupas na máquina. A atendente despejou sabão e amaciante, depois apertou o botão para iniciar a lavagem. Perguntou se queria secar. Não, apenas lavar. Demoraria cerca de 40 minutos. Podia sair e voltar. Preferiu esperar.

Sentou-se na cadeira do meio, escapando um pouco do corpo para os dois assentos laterais. O suor escorria entre os seios e gotejava por baixo do braço. Abanou-se com a revista deixada sobre a cadeira. Perdeu interesse de folhear ao ler a manchete: dieta paleolítica para manter a forma. Forma, que forma? São tantas as formas e formatos possíveis: redondo, quadrado, oval, triângulo, hexágono, elipse. Diziam forma quando deveriam escrever fôrma, com o velho acento diferencial que ela aprendeu nas gramáticas, fôrma para enquadrar tudo em modelo, no qual ela, mulher em excesso, sempre sobrava.

Leu outra vez a manchete e riu com o paleolítico. Imaginou umas mulheres-monga, pelos no sovaco e os pentelhos em cachos, comendo carne crua. Nesse ponto até parecia interessante a dieta, voltar a ser neandertal, muito melhor que ser esses macacos cobertos de banho e perfume para dissimular o ranço de bicho. Queria ser paleolítica, comer sem talheres, cheirar livre de pudores. Sim, comer feito uma selvagem e encontrar a verdadeira forma, de animal que era, assim não precisaria levar roupas à lavanderia, nem apertar os pés em sapatos.

Largou a revista sobre a cadeira, melhor não ser paleolítica. Tentou distrair-se com a televisão, mas não entendia o que se passava: apresentadores fazendo exercícios com cabos de vassoura. O som inaudível, tentava acompanhar a legenda entrecortada.

– Depois do intervalo, conheça os benefícios do óleo de coco.

Deu tempo de acompanhar o bloco inteiro, sem compreender muito, quando a máquina iniciou a centrifugação.

Assistiu a trajetória apressar, as roupas unidas em um borrão naquele giro rápido, acelerado, a vida passando ligeira, quase sem respirar, com os pensamentos centrifugados em alta rotação. Conectada com as peças de roupa em órbita muito rápida dentro da máquina, girando, muito, suspensa em apneia.

Quatro, três, dois, um. As peças despencaram, pôde enfim respirar. Levantou ofegante. A atendente se aproximou com um caixote plástico. Perguntou mais uma vez se secaria. Balançou a cabeça em negativa. Colocou as peças emboladas de volta na sacola plástica. Pagou o valor de sempre no débito.

Ao sair, bateu o braço na porta de vidro, fazendo estardalhaço.

Antes de subir ao terraço para estender a roupa, passou no apartamento para pegar a sacola com prendedores. O elevador ainda estava parado, apertou o botão do sétimo andar.

Para chegar ao terraço era necessário subir um lance de escada. Olhou os degraus com preguiça, lembrou que devia ser paleolítica e entrar em forma. Subiu com esforço.

A laje irradiava um calor abafado. Estendeu as roupas nos varais fora da cobertura, no sol secariam mais rápido.

No meio da tarde, retornou ao terraço. As roupas balançavam esturricadas. Colocou tudo na sacola plástica, roupas misturadas com prendedores. Um deles caiu no chão, teve preguiça de abaixar para pegar.

No apartamento, cuidou para que os prendedores ficassem no fundo da sacola. Jogou as roupas limpas em cima da cama, daria um jeito nelas antes de dormir.

Quando decidiu deitar, se deparou com as roupas em desordem. Em vez de dobrar peça por peça e guardar ordenadas, separadas por cor, empurrou as roupas para o lado, formando um amontoado na beira da cama.

    Deitou. O cheiro de amaciante a invadiu. Mesmo ausentes de corpo para preenchê-las, as roupas ocupavam o vazio. Respirou fundo, para sentir a essência que se intensificou depois de dissipada a quentura. Um calor morno a invadiu. Respirou fundo, inspirou. O corpo relaxou e logo adormeceu. Como que por instinto, abraçou o amontoado de roupas. Ainda era primata, mamífera.

Temporal

Sequer se fazia nublado. Quando o céu caiu, foi forte. Pingos grossos e frios, estourando na pele. Desprevenida, saiu de casa sem guarda-chuva. Sentiu vontade de comer damascos secos e atender esse desejo foi o castigo. Ela não podia atrever-se, nem mesmo ousadia tão pequena, de caminhar por três ou quatro quadras até o mercado público. Apenas damascos secos, era pedir demais.

Não soube reagir com o céu desabando, daquela chuva repentina e sorrateira. Ficou paralisada. As gotas caiam violentas. Logo se fez correnteza na pele. Os cabelos canalizaram o fluxo e escorreram pelo leito da coluna. A água fria escoou pelo vão da bunda e a invadiu na intimidade, ondeando pelas pernas até afogar os sapatos.

Tudo conspirava contra ela, mais uma vez teve essa certeza. Todos se apressaram em busca de abrigo, ela ficou parada em meio ao calçadão, escurecido pela chuva que formava espelho no concreto. Viu-se refletida na água, disforme. O Universo queria esmagá-la, era isso. Se tentava reagir o que acontecia? Levava sobre a cabeça as tormentas do mundo. O corpo lustrado pela chuva, roupa murcha grudada à pele.

Quando a chuva diminuiu, conseguiu se mover. Os sapatos coaxavam dueto incômodo. Protegeu os mamilos em riste com os braços cruzados. A sacola plástica prendendo a circulação no pulso. O corpo pesava mais com toneladas de tantas gotas. De que adiantava reagir se quando tentava viver o mundo a derrubava de si? Enlameava o chão para que caísse mais uma vez. De que valia o esforço de levantar se na primeira esquina novo tombo a faria acabar no chão?

Apressou os passos para chegar logo em casa. Ainda chovia fino e ela lutava contra cada gota que a acertava. Temeu mais uma vez ficar paralisada. Precisava voltar para o apartamento, estava exposta demais com os seios intumescidos. Arrastou os sapatos pesados sobre as calçadas, que seguiam coaxando em dueto enquanto ela, exausta, caminhava contra a correnteza, carregando o peso da ousadia: os damascos que, protegidos pelo plástico, permaneceram secos.

Quando chegou ao apartamento, sentou-se encharcada na cadeira da escrivaninha. Como se soubesse que alguém desocupado forjava sua história, ela decidiu tomar o rumo das próprias dores e começou a escrever, respingando no velho caderno destinado a copiar trechos de coisas bonitas, no qual rabiscou apenas as três primeiras páginas com escritos de Marina Colasanti, Drummond e algum aluno desconhecido.

Escreveu borrando as palavras com os pingos da chuva represada na pele.

Em vez de aulas e lições, desapontamentos e medos. Coisas das quais nunca falou, que precisava regurgitar para não morrer afogada dentro do próprio corpo. A partir daqui, não tenho mais o direito de narrar esta história, apenas ouço o que ela tem a dizer em silêncio.

Tentando se segurar numa alça lilás

Entrou no elevador.
    A um canto, outra mulher segurava firme debaixo do braço uma enorme bolsa de couro lilás.
    – Que ousadia, uma bolsa lilás – sorriu ela.
    – Acabei de dizer a um homem que o amo – respondeu a outra. – Então entrei numa loja e, entre todas, escolhi essa bolsa. Eu precisava sentir nas mãos a minha audácia.
    Não sorriu. Agarrou-se náufraga na alça.

Marina Colasanti

A flor e a náusea

[...]
Uma flor nasceu na rua!
Passem de longe, bondes, ônibus, rio de aço do tráfego.
Uma flor ainda desbotada
ilude a polícia, rompe o asfalto.
Façam completo silêncio, paralisem os negócios,
garanto que uma flor nasceu.
Sua cor não se percebe.
Suas pétalas não se abrem.
Seu nome não está nos livros.
É feia. Mas é realmente uma flor.
Sento-me no chão da capital do país às cinco horas da tarde
e lentamente passo a mão nessa forma insegura.
Do lado das montanhas, nuvens maciças avolumam-se.
Pequenos pontos brancos movem-se no mar, galinhas em pânico.
É feia. Mas é uma flor. Furou o asfalto, o tédio, o nojo e o ódio.

                                      Drummond

Escrito de corretivo em carteira escolar

Estrelas apagam
ao cair no mar

                      Autoria desconhecida

Prontuário das intempéries

Estou farta de carregar o peso de ser mulher, seios abundantes que fazem doer as costas. Carreguei tanto peso à toa, minhas carnes acabarão secas, sem produzir qualquer gota de leite. Levo este fardo inútil desde muito moça e sequer amamentei a fome de qualquer filho, nem para ser amada me serviram os peitos. Que tivesse nascido reta, apenas com mamilos para lembrar que sou mamífera; mas fui castigada com duas ironias muito grandes, só para pesar mais o corpo e chorar suores mesmo nos dias que não faz tanto calor. Ah, seios! Bom seria que fosse como as cadelas, que se incham quando perto de dar cria; não, mulher tem a sina de ser punida com seios, e ainda devo escondê-los, como se fossem vergonhosos. Outras de mim serviram de alimento e nem podem andar com os peitos livres, deveria ser honroso exibi-los, não esse castigo. A humanidade deveria reverenciar as tetas; não, homens com peitos secos e ainda mais inúteis que os meus têm o direito de exibi-los nus, outra das muitas injustiças que esperam reparação caso exista justiça no Universo. Careço de qualquer boca que dê serventia para a fartura desperdiçada de seios amplos, quase infinitos.

Se estivesse lá, antes de tudo, eu não sobreviveria; careço da motivação dos meus antepassados, colocaria a espécie em risco, o que talvez fosse bom, fingimos não ser animais que andam rápido em dias nublados pois tantos outros antes de nós morreram desprotegidos em florestas e savanas. Os que encontraram caverna desenvolveram senso de heroísmo, ficam confortáveis em dias chuvosos, sentindo que triunfaram. Sou da linhagem dos fracassados, que padeceram desabrigados em temporais; filha dos sobreviventes sem saber o motivo; daqueles que, mesmo desistindo, se mantiveram vivos.

Que tipo de burrice me levou a ser professora? Nenhuma criança gosta de ir à escola, e tudo o que querem é final de semana, férias, acabar o ano letivo, depois formatura e fingir ser adulto. Talvez tenha sido isso, eu não me sentir apta para ser adulta, e fui ficando pela escola, como uma repetente que todo ano volta, sem nunca me formar.

Os calos nas mãos doem de apertar a vassoura. Do quadro negro não para de cair pó de giz, escorre deixando tudo branco. Também estou coberta, o pó endurece os cabelos e resseca a pele. Preciso varrer antes que os alunos cheguem, não podem ver essa bagunça. Que tipo de professora sou que não consigo colocar ordem na sala? Preciso dar exemplo, ser impecável e limpa, não com a cara branca feito uma palhaça. Insisto em juntar o pó no canto, é muito, formam pequenas dunas pelo assoalho. Varro cada vez mais depressa, logo tocará o sinal e os alunos entrarão fazendo algazarra, não podem me ver assim. A fricção da mão com a madeira acaba por esfolar a pele, o sangue escorre pelo cabo. Não posso parar de varrer. Pingos vermelhos mancham o branco. Não posso parar. A bagunça só aumenta. Não posso. Sangue e pó.

Girassóis ficam parados em dias de chuva?

Chove há tantos dias, só sei dizer que são muitos, com toda a imprecisão da palavra. Preferia que estivesse calor, o sol ardesse e eu ficasse abafada aqui no apartamento. Essa chuva inesgotável me deixa encharcada, a cada gota afundo mais. Olho pela janela e sou tomada por sentimento de que a chuva não passará, nunca mais, sempre tudo cinza; nas ruas escorrem filetes de água suja pela sarjeta, os carros passam espirrando água e tossindo com motores cheios de fumaça. Há quantos dias estou presa? Talvez tenha começado a chover na madrugada, mas parecem tantos dias, sinto que a qualquer momento começarei a cheirar a mofo, ou então serei tomada por musgos e líquenes. A chuva me deixa úmida e viscosa, temo dormir e acordar tomada por avencas e samambaias. Tento me movimentar o tanto que posso nos dias em que o céu desaba, para não padecer embolorada, comida pelo tempo, que passa, me desgasta e me consome; é possível que eu esteja diminuindo, dissolvendo. Só quero uma trégua de tanta água, quem sabe assim eu pudesse me estender ao sol, secar minhas carnes e reagir. Quem sabe.

As ruas estão caladas, carros pisam devagar no asfalto. Chove há dias, fino e constante, estou ilhada, fantasma assombram o apartamento na madrugada. Assusto-me comigo mesma. Hiberno cansada e com fome, mas não tenho vontade de comer. As horas seguem escorregadias, passando por cima do limo. Está tudo tão parado, mofarei com tanta umidade e inércia.

O ar seco e áspero lixa meu nariz por dentro, tento engolir a pouca saliva que desce ardendo pela garganta. Minha testa pesa mais que o resto da cabeça, sinto os olhos pequenos, afundados no oco das órbitas, as olheiras cansadas pendem como sacos de areia. A vida, que já me pesava nas costas, agora agride todo o corpo, por dentro e por fora. Viver está irrespirável nesta madrugada, o ar frio entra pela tubulação nasal entupida e me rasga. Só queria poder continuar a sugar o ar sem sacrifício, faço tanto esforço que desisto de viver; passo alguns segundos em apneia, até emergir sufocada, sugando grandes goles de ar que ressecam minha garganta. Estou sem filtros, germes e bactérias entram em mim sem barreiras; um espirro grita de dentro tentando expulsar os invasores, nos ouvidos zunem milhões de abelhas. Só queria passar despercebida, mas meu corpo se tornou campo de batalha; todo meu território marcado pelo combate das células de defesa que dão a própria vida para me salvar, estou em guerra. Tanto esforço para quê? De que vale essa insistência em me manter viva? Não lutaria tanto por mim mesma, porém as células têm vontade própria e, egoístas, tentam se salvar, assim me livram das agressões das ínfimas mortes que me comem por dentro. Está doendo um pouco mais viver, só queria poder respirar, dormir sem esse peso na cabeça. Eu só quero dormir, só.

Não vejo nada, só escuro e o grito ensurdecedor do silêncio, estou submersa e inexiste qualquer luz, duvido até se estou com olhos abertos, não há o que ver. Sempre caindo, caindo, caindo, sem fundo; em queda lenta no escuro cada vez mais escuro, sinto meu corpo comprimido, próximo do nada, sem fim ou começo. Percebo que não respiro, revolvo meu corpo, agito mãos e pernas, giro em torno de mim; não há onde me agarrar, pressionada pela profundidade abissal. Na pele, a água fria e escura, continuo afundando no vazio, não sei se é em cima ou embaixo, inexiste qualquer direção. Pequenos pontos de luz acendem em alguma distância muito longe, constelação de ciscos luminosos que se movem. Estão caindo, ou será que caio neles? Um dos fachos de luz cresce em minha direção, cada vez maior, até que percebo a boca monstruosa, o peixe brilha voraz; tento nadar, mas continuo caindo. O peixe-luz cada vez mais perto, com sua mandíbula descomunal, olhos aberrantes para enxergar a escuridão. Está perto, não consigo me afastar; tento, em vão, revolver o silêncio e o nada, chacoalhar a escuridão, o peixe-luz, monstruoso, muito perto. Tão perto, dentes luminosos, estou cara a cara com a aberração, que tem meu rosto: o monstro sou eu. Próximo demais, não adianta tentar mudar o rumo da queda, a luz-monstro-peixe vai me devorar. Cega de tanta luminosidade, acordei com raios de sol invadindo a janela. Dormi no sofá, levantei com as costas doendo e decidi escrever, talvez seja tarde, não é necessário tempo quando não há o que fazer.

Minha vida é inútil para mim mesma, meu corpo serve para além de mim, sou um serviço. Meu corpo é terra de minério, invadida apenas para a exploração; depois de tanto usada, resto erodida, sem nada a oferecer. Por isso qualquer chuva me arrasta, leva camadas de mim em enxurrada, já não tenho cobertura, nem raízes que mantenham o solo da minha existência compactado. Sou um buraco, de bordas que caem em si mesmo, desabo dentro dessa cova rasa que me tornei. Talvez ao me perceber imprestável, encontre a mim mesma; por hora, resido em total devastação. No descampado em que me encontro, falta a certeza de que algo de valor tenha existido, tudo se apresenta tão estéril, sou deserto em formação, parece impossível que algo brote. Nem mesmo miragens se formam no horizonte, vou me espalhando desmontada, em grãos carregados por qualquer sopro, existo como poeira dos medos que sou. Quando chove, viro lama e a pouca liberdade de ser leve escorre suja pelas valetas.

O tempo come tudo, até os dentes.

Mais uma noite fui atormentada pelas imagens dentro da cabeça, elas invadem algum lugar que é inalcançável com as mãos, correm livres e riem, sabem que nada posso fazer. Estou vulnerável a elas, tão indefesa que acordei mais uma vez sufocada. Estava na sala de aula, em frente aos alunos, nua por inteiro; os pentelhos fiavam o pequeno e inútil escudo, os alunos riam do meu corpo, apontavam para cada pedaço achando imperfeições e falhas. Eu não conseguia reagir, fincada no chão. Zombavam da minha barriga flácida, dos seios cansados que pendiam pesados sobre o tronco. O escárnio colava na pele exposta como lesmas, cada riso passava por minha superfície deixando rastro pegajoso e frio. Eu tentava esconder os seios, por serem grandes demais, escapavam das mãos. Só queria reagir, mas estava sem forças, consumida pelos olhares, e isso era a maior angústia: estar inerte sem poder fazer nada, despida e vulnerável. Queria explodir, desfazer-me em miúdos na cara dos alunos, calar as bocas com pedaços de vísceras, escorrer sangue e fezes como vingança. Acordei sufocada por minha inércia.

Ao longo dos anos, quebraram copos e pratos e não foi preciso comprar novos, as ligações e mensagens cederam lugar ao silêncio; os conhecidos passaram a dizer que sumi, mesmo que eles nunca tenham aparecido ou proposto qualquer encontro. Apenas assisti, quieta, ao que deveria ser. Ouvi tantas vezes que precisava ser mais aberta, minha vontade era gritar: estou escancarada, que culpa tenho se a ninguém interessou entrar? Em vez de argumentar, concordava, para a conversa morrer. E o incômodo dessas pessoas não era por eu estar sozinha, mas por não estar casada, sentiam-se afrontadas; o fato de existir sem cobrar que ninguém obturasse minha solidão era incômodo para os outros, sendo que em mim mesma já tivesse ajustado a aceitação. Na vida estou dando uma olhada, não vou comprar nada.

A gata encara o invisível; olhos fixos, atentos. Eu também fico parada, contemplo a gata olhar o nada. O silêncio da madruga riscado pelo lápis no papel e eu observando a observação da gata. Ela fica assim, imóvel, por minutos, mexe apenas as orelhas, como se ouvisse algum segredo que não escuto; a gata vê e ouve coisas que não vejo, sente gostos e cheiros que nunca sentirei. De um disparo ela levanta, pula com olhos flamejantes, tenta agarrar o invisível com as patas, em movimentos ao mesmo tempo ágeis e delicados, dá pequenos saltos apalpando a parede, corre atrás do que não vejo. Só depois de muita insistência percebo o insignificante mosquito, que tanto excita a gata a viver uma aventura no cubículo do apartamento. Ela corre pela sala, escorregando no piso, some pela cozinha, só escuto o barulho de sua ágil necessidade de correr atrás da vida. Tenho apenas uma certeza: eu jamais seria uma gata.

Qual é a sensação de tocar em alguém? Tento recordar, não consigo; pior, esqueci a sensação de ser tocada. Das poucas vezes que ouso me olhar no espelho, na esperança boba de que a imagem que tenho de mim seja distorção da memória ruim, sou tomada pela decepção, acompanhada de certo ímpeto destrutivo: a vontade é bater com a cara no espelho, acabar com a projeção incômoda, transformar o vidro reluzente em cacos, dilacerando isso que deveria ser um rosto. Os problemas seriam todos aniquilados de vez: a imagem, o espelho e o meu rosto.

A carne da barriga afunda ao toque das patas silenciosas da gata, ela mia e observa minha inércia sobre a cama, o corpo peludo sobe e desce no ritmo da respiração. Mia insistente, quer comida. Continuo impassível, ela empurra as patas na barriga mole, em movimentos sequenciais, como se quisesse me despertar. Anda em círculos por cima de mim, roçando a ponta do rabo no meu rosto, mia cada vez mais alto, sem ser atendida, e sai do quarto. Ouço seus chamados ecoando da cozinha, arrasta o pote plástico pelo chão. Volta repetidas vezes ao quarto, esfrega a cabeça na lateral do meu corpo, como se quisesse motivar qualquer movimento, mia desesperada, está viva, por isso deseja com tanto ímpeto. Eu, afundada no colchão, ignoro o chamado lamurioso da gata. Sem nenhuma resposta, ela escala meu corpo, aproxima o focinho do meu nariz, é frio e úmido, cheira minha boca murcha, crava as presas e arranca o primeiro pedaço; mastiga com ânsia de quem quer se salvar da morte, e continua a me devorar. Não me movo. Depois de comer os lábios, mastiga a bochecha; como a carne é mais dura, ajuda a rasgar a pele com as garras expostas. Quando parte do osso está à mostra, a gata força meu maxilar com a pata, insiste até conseguir abertura suficiente para entrar, esgueira-se por entre os dentes e se instala em mim, que sou oca, sem pulmões nem tripas; apenas vazio morno, lugar ideal para se esconder da luz e repousar depois da janta.

Por mais que corra, estou sempre atrasada.

Queria um dia acordar e ser bonita, só para saber qual a sensação de não querer estapear a própria cara; ser como essas pessoas que se bastam com as aparências e, de tão presas à superfície, não sentem medo. Queria, por uma manhã que fosse, ser uma dessas pessoas sem pudor de se olhar no espelho e que, depois de se encarar de forma demorada, sorri para si mesma, por considerar que a beleza é o suficiente.

Muita luz se espalha por fora, o dia está mesmo quente, nenhuma nuvem no azul expandido até o fim dos olhos. Por algum motivo, as janelas estão fechadas; tento abrir, não têm trincos. Olho para cima e vejo o teto nublado, gotas começam a cair sobre mim, o apartamento chove; molha o sofá, o tapete, a mesa, enche as xícaras no armário e os copos sujos na pia. Assustada, a gata corre e se esgueira por debaixo da porta. A água alcança meu tornozelo, caminho fazendo maré, cabelos derramados no rosto. A água não escorre pelo ralo do banheiro, o emaranhado de cabelos que entala o cano se move como algas; puxo os fios espessos para desobstruir a passagem, quando mais puxo, mais fios saem, alongados, infinitos. Com os braços cansados de arrastar a escuridão de cabelos, corro para a porta, não encontro a chave, tampouco tenho forças para arrombá-la. A água está no meio da canela. Do lado de fora, a gata mia, agacho para ver se consigo passar por debaixo da porta, o espaço é ínfimo, não possuo a maleabilidade felina. Levanto com a água pelos joelhos. Arremesso uma cadeira contra a janela, o vidro não quebra, sou refém das paredes, dos livros, dos móveis. Grito por socorro, a gata mia arranhando a porta. Água na altura dos seios, subo no sofá para ganhar alguns centímetros de ar, o que em instantes se torna inútil; água no pescoço, sobe até o queixo, alcança o nariz, ultrapassa a testa, encobre minha cabeça. Meu corpo segue o fluxo da água, sobe e desce, cíclico. Tudo preso ao chão, nada se move, só eu. O oxigênio falta, sou tomada pela constante e lenta agonia de estar sufocada e não morrer. Mais uma vez tento arrombar as janelas, o som da pancada vibra pela água, mas o aquário-apartamento não se rompe, continuo a vagar em apneia. Acordo com a cabeça afogada, engolindo tanto ar quanto couber em mim.

Talvez eu ronque, talvez eu fale à noite, talvez eu seja sonâmbula, talvez minhas costas sejam cheias de manchas, talvez eu tenha um nódulo na nuca, talvez minha coluna seja torta, talvez eu tenha um ombro mais alto que o outro, talvez minhas orelhas sejam muito abertas se vistas por trás, talvez eu tenha caspa, não saberei, meus olhos são limitados em me enxergar por completo, precisaria de alguém do lado de fora para falar das partes que desconheço de mim.

Comia um caqui alheia, quando o canino penetrou a densidade tenra da língua. O gosto vermelho-ferroso se espalhou pela boca, misturando com o laranja-adocicado em combinação destoante; o arrepio percorreu a cabeça até arder a nuca. Olhei com nojo o caqui, enjoativo, frio; queria mais sal, calor, carne. Comecei com pedaço pequeno, da lateral da língua, mordi sem pressa, mole e, ao mesmo tempo, consistente. Depois apertei forte os dentes da frente, arrancando a ponta. O calor sanguíneo encobriu o doce com o sal amargo que vazava de mim. Mastiguei com insistência, até fazer em pedaços, revolvendo-os na boca cada vez menores, arrancando o que podia do que restou no oco entre os dentes gastos. Sem pressa, ruminei todos os não ditos e as palavras que nunca mais precisaria dizer. Engoli o silêncio.

Continuam os dias, mas sinto que já acabou.

Em algum momento, acho que por instinto, passei a viver sem fazer barulho, com medo de chamar a atenção da vida. Minha solidão é silenciosa, não ligo rádio, televisão, nem converso comigo mesma em voz alta. Se quero ocupar o tempo, leio, sem qualquer balbucio, apenas o barulho da página, que viro com cuidado. Quero apenas passar desapercebida, inclusive por mim mesma; nem suspiros mais profundos dou, também aprendi a me mexer pouco na cama, durmo e acordo no mesmo lugar, no máximo virando a cabeça ou trocando a mão que fica debaixo do travesseiro. Não faço movimentos amplos, e tento, ainda que seja em vão, parecer pequena. Gosto da sensação de me sentir diminuindo, mas os outros me enxergam ampla, são incapazes de perceber minha própria contenção. Meu corpo, por qualquer revolta injustificável, decidiu ultrapassar os limites que impus. Apenas aceitei, porque aceitar foi uma forma de não existir em queda de braço com a vida. E depois que aceita uma vez, fica mais fácil aceitar tudo o que vem depois.

Tento pegar a gata, ela corre todas as vezes; tudo o que tento agarrar escapa, eu mesma escapo de mim, sinto que escorro em cada gota de suor. Tenho suado muito, faz calor; não reclamo, melhor do que se chovesse. A gata corre, se esconde embaixo da cama, em lugares inalcançáveis. Queria por alguns segundos segurar matéria viva, sentir calor que não viesse do ar, mas de outro corpo. Talvez ela fuja por isso, por saber que eu sugaria sua energia; talvez até desfalecesse esgotada. A gata foge sempre, até mesmo quando quer comida e se esfrega em minhas pernas, quando abaixo para pegá-la, aproveita dos ágeis reflexos e corre; às vezes, ainda sinto o rabo escapar como serpente por entre os dedos. Ela foge, eu fujo, tudo se desencontra de mim. Quando não quero, ou melhor, quando desisto, ela se aproxima, deita em meu colo e dorme. Fico sem me mexer, para que não fuja, mais uma vez, como em todas as outras vezes.

Meu seio caiu no chão, quando agachei para pegá-lo, o outro também despencou de mim e quicou duas ou três vezes até parar aos pés da geladeira. No meu peito, dois buracos, pude ver o vazio imenso que trazia por dentro; em meio ao escuro uma corda grossa pendurada com nó no meio, minha garganta. Peguei meus seios do chão, quentes e moles, um deles empoeirado pela sujeira no piso. Com os seios nas mãos, senti algo rolar pelas costas; quando virei, vi no chão minha orelha, tentei pegá-la e acabei derrubando um dos seios, que pulou outra vez pelo chão; acabaram os dois sujos, pensei que não devia deixar o apartamento sem varrer por tantos dias. A outra orelha caiu pouco depois, e logo os lábios descolaram da cara, pedaços da pele soltavam feito grandes escaras, os dentes também começaram a cair, um a um. Tentava pegar meus pedaços, mas minhas mãos eram pequenas para suportar; sempre que agarrava uma parte, algo caía no chão. Quanto mais tentava salvar meus fragmentos, mais me desmanchava. Caíram dois dedos e o olho esquerdo rolou para debaixo do fogão, eu me vi por dois ângulos separados, pela primeira vez me enxerguei fora do corpo, esfacelada, desfazendo-me. Quis chorar, foi quando o outro olho desabou. Na tentativa de pedir socorro, engoli minha língua, que se perdeu no silêncio do vazio. As rótulas descolaram e eu caí de joelhos no chão da cozinha. Tateei pelo piso frio, em busca dos pedaços; debaixo do fogão e próximo a uma cadeira, meus olhos embaçados de sujeira me viam dilacerada. Tentei tocar meu rosto, não havia mais dedos, nem mãos, ou braços. Eu não era nada, só escuro e vazio. Vazio escuro. Escuro vazio. Vazioescuro, escurovazio, fundidos, enforcados no nó da garganta. Acordei tão sufocada que não consegui me mexer, talvez até nem respirasse mais.

Se pudesse calar essa voz na cabeça, seu eu pudesse ficar em silêncio comigo mesma, ao menos assim estaria em paz. O eco de mim grita atenção e faz ressoar a solidão. Por favor, cale-me; deixe de falar comigo, pare de insistir nesses diálogos sem retorno. Eu posso me deixar em paz por uma noite que seja?

Se tudo pode acontecer, por que nada sempre acontece? Hoje mesmo, o que de relevante aconteceu? Só o barulho de todos os dias, com buzinas e semáforos e pessoas apressadas; isso é tudo? Da janela, vi uma velha atravessar a rua arrastando um carrinho de feira, estava toda vestida de cinza, no meio da calçada cinza, cercada por asfalto cinza, esperava o sinal abrir para atravessar as listras encardidas da faixa de pedestres. Seria outra manifestação do ordinário, mas a velha sustentava nos ombros um largo cachecol de tricô, que sangrava até o meio das pernas. A velha atravessando a rua foi tudo o que aconteceu no meu dia, ela desafiou a pacificidade cinzenta, carregando o peso daquele vermelho. Era como se expusesse todo o sangue que esvaiu durante os anos; a velha vazava naquele cachecol o sangue estancado de todas as menstruações, gritava muda: estou livre de ser mulher. Ao atravessar a rua, perdi a velha de vista; vi quando sumiu ao virar a esquina, com um cachecol feito de muito vermelho e o carrinho de feira vazio. A vida que tanto desprezo se moveu, quis correr atrás daquela velha que ainda encontrava força para carregar sobre os próprios ombros o peso daquele vermelho que sangrava vida em meio a tanto cinza.

O primeiro golpe me acerta nas costas; paraliso, as pernas dobram, caio lenta até os joelhos tocarem o chão. A areia arranha a pele, pequenas gotas escapam, sou vermelha quando exposta à luz. Passo os dedos pelo pescoço quando o segundo golpe me derruba, enquanto acabo de tombar, protejo o rosto com as mãos. No chão, tento me diminuir, enrolada sobre mim, aborto gigante com os joelhos sangrando. Chutes me acertam na cabeça, nos braços e nas pernas, acompanhados de risos agudos. Reconheço: é a voz dos alunos, atiram pedras contra mim, enquanto giram ao meu redor; o riso cínico me agride mais que as pancadas. Desgraçados! O sangue se move quente por dentro, respiro ofegante, as risadas, as pedradas e chutes. Irrompo num urro e levanto possessa pela raiva, não há ninguém, o riso ecoa por dentro, atordoante. O baque na cabeça me ensurdece. Por que me agride? Meu algoz se mantém nas minhas costas, quando me movo se move junto, feito sombra; não consigo ver seu rosto, apenas o vulto grande, sei também que segura um bastão de madeira. Mais uma vez me atinge com barulho seco, apesar da dor, corro em direção inexata, giro em torno de mim mesma, com as mãos abertas. Na coreografia errante, consigo alcançar algo, é quente e mole: carne, osso, corpo. Seguro apertando os dedos, forço para cairmos. A dor da queda é menor que minha fúria, com os dedos fechados, defiro socos sem olhar o que acerto. O algoz se debate, tentando esconder o rosto. Quando as falanges estão a ponto de se desmontar, pego o bastão de madeira e acertos golpes sólidos. O corpo do algoz desfalece. Afasto os dedos ensanguentados do rosto inerte e o assombro me toma: sou eu mesma. Deito ao lado do corpo agredido e ficamos em silêncio olhando o teto.

A vida me espanta.

Há pouco considerei que a vida me espanta, achava que isso era ruim, uma vez que fico vulnerável. Em mais uma noite de insônia, compreendi que estou viva, por isso o espanto. E isso é muito.

Acho que foi domingo, olhei pela janela e havia pouca gente na rua. Não tive fome, mesmo assim comi o resto de macarrão de ontem. Talvez fosse tarde quando levantei, a gata ansiosa pedindo comida. À tarde, a vida doeu tanto que acabei dormindo, mesmo sem sono. Acordei e está escuro, não sei onde coloquei o celular para ver que horas são, também está descarregado há semanas, seria inútil. Pode ser noite, é possível que seja madrugada e em breve o sol acenda. Talvez ao amanhecer seja segunda, o que não importa; a marcação do tempo é só uma forma de tentar separar os dias, para não perceber que são todos iguais. A gata volta a pedir comida, ela parece ter o que fazer entre dormir, comer e correr atrás das pelotas de poeira. Quanto a mim, escrevo. Escrevo para manter contato, para exercer alguma ação, para sentir que sou capaz de produzir algo. Mas que são palavras? O mundo anda com palavras demais, por isso ninguém se escuta, escrevo na tentativa de ser silenciosa. Escrevo para mim mesma, são as palavras que eu queria ter ouvido e nunca houve quem as dissesse. O que digo a mim mesma para me salvar desse vazio?

Segurei minha mão tão forte embaixo do travesseiro que acordei; pedia socorro, a mim mesma. A sensação do toque seguro trouxe comoção, sou capaz de amparar-me. Estou aqui, eu disse, segure minha mão. Aquele contato me estremeceu; não sou tão sozinha, posso apoiar a mim mesma.

Chove, por pouco não me afoguei como tantas vezes. Segurei a mim mesma e pude sair da cama; um gesto simples, minha mão esquerda como âncora da direita. O aperto forte reverberou pelo corpo e eu levantei; não foi fácil, não mesmo, luta contra a gravidade, que insiste em colocar tudo para baixo. Toda essa água me dissolve, escorro sem forças, tento fincar os pés em qualquer coisa sólida, mesmo que movediça como substrato de rio. É um exercício de equilíbrio, vale tentar, nem que seja para cair de formas diferentes. Levantar para exercitar a queda, talvez o único voo de liberdade possível. O chão frio e eu descalça quando levantei. Providenciarei uma pantufa, por mim, para atender meu desejo, por entender que conforto é importante; enquanto existo, que os pés sejam envoltos no que é macio. Antes de sentar para escrever, senti necessidade de me aquecer, no lugar do café solúvel, mergulhei na água quente o saquinho de chá, pareceu mais adequado para o dia. Chá, chuva. Chuva, chá. Tateei com os pés desnudos até a janela, riscos transparentes caíam em sequência. Minha vontade foi secar tudo com rodo e pano de chão, juntar a água que pairava no ar e lançar no oceano. Sentei para escrever por estar cansada de me afogar no raso, quero cercar-me de ar, quente e leve. Protegida pela vidraça, tive coragem de olhar para cima, fora o cinza desenrolado por tudo. Uma angústia incolor me tomou; quero o azul. Bebi um gole de chá, aqueceu a cabeça e aguçou a percepção: cinza é quase azul. Essa constatação trouxe certo alívio esperançoso, o cinza não aniquila todo azul, de alguma forma está misturado com ele, ainda que turvo por causa de tanta água. Cinza é um azul opaco, falta o brilho da radiância solar, com seu calor que excita a pele e liquefaz o corpo. Não posso esquecer que além do tapume de nuvens, pairam todos os azuis; é nisso que preciso me agarrar, nos restos de azul que trago dentro dos olhos. A chuva, mesmo que demore, passa. O sol volta, sempre. Olhando bem, cinza é quase azul.

Chorei e nem sei por que, suspeito que por ainda estar viva. Eu queria parar e não sabia como, chorei até dormir de cansaço.

Sou gorda e também mulher, e vontade, e medo. Gorda, mas corpo, tão corpo que extravaso em mim mesma. Gorda e necessidade de prazer, também ansiosa por toque. Eu desejo.

Outra vez submersa na escuridão, olhos opacos a qualquer possibilidade de ver. Flutuo na imensidão do vazio, em vez de afundar, pairo leve, envolta em todo silêncio, livre do medo e da angústia. Encontro-me pacificada, ainda que o motivo seja incógnito; também não quero saber, abandonei as perguntas a fim de manter a superfície sem turbulências. Cercada pelo escuro-vazio, descanso imersa, distante do excesso de luminosidade. Ao longe, pequenos pontos acendem, contemplo-os sem pressa, observo mais uma vez se aproximarem. Decido manter a calma, são os monstros abissais, criaturas das profundezas que vêm investigar a estranha em seus domínios. Um dos pontos luminosos avança em minha direção até se revelar pela própria incandescência: é o peixe-luz, ficamos outra vez cara a cara, ante o meu gigantesco rosto, projetado fora de mim; a imagem que tanto evito retorna das profundezas. Decido encarar-me, estendo a mão até alcançar meu rosto externo; com o toque, meu corpo também se ilumina, pontos brilhantes e iridescentes encobrem minha pele. O peixe-luz, meu rosto, sorri; apesar da mandíbula descomunal, apresenta um sorriso infantil, quase inocente. Por impulso instintivo, agarro-me à barbatana e o peixe-luz navega pela imensidão sem mover os músculos, impulsionado pelos mecanismos internos. Em trajeto lento, sou movida pelo escuro-vazio. Inexiste antes ou depois, em cima ou embaixo, frente ou atrás; o trajeto é pelo incerto. Depois de muito se deslocar pelo desconhecido, a escuridão acinzenta, como se clareasse; avisto vultos submersos, gigantescos. O peixe-luz continua a vagar, até o cinza azular e se fazer cada vez mais claro; é possível ver sem impedimentos, consigo distinguir as formas menores, coloridas. Raios de sol chegam à pele, a temperatura da água aumenta. O peixe-luz sacode a nadadeira e me lança para frente, disparo em linha reta cercada por bolhas; ele se aproxima com sua grande boca, temo que me engula, mas só me empurra até alcançarmos a superfície. Sou impelida à beira, onde posso ficar de pé. Suspiro fundo, encho os pulmões até o limite; meu corpo reage e se excita tomado de ar e luz. Ouço o chacoalhar da água, suspeito que seja a rebentação das ondas, até perceber que não estou na praia, mas cercada por lama. O barulho é do peixe-luz, encalhado no raso e ofegante. Criaturas da escuridão e da profundidade não sobrevivem com tanta clareza e superfície; tento empurrá-lo para que possa nadar e voltar ao vazio-escuro, é mais pesado do que supus, nem se move. Ele ofega sem agonia, bate as nadadeiras cada vez mais devagar, até aquietar. Fico frente a frente com meu rosto inerte, afasto-me apreensiva, observo o entorno tomado por raízes distorcidas, muita lama e alguns caranguejos. O peixe-luz me empurrou para o mangue, limiar de todos os paradoxos, onde o mar encontra o rio, cemitério e nascedouro, suscetível ao ritmo das marés, com vidas que oscilam entre a terra e a água. Invade-me a profunda compreensão de ser um desses seres da lama. Grito dentro de mim: sou um anfíbio; certa liberdade arisca toma conta das tripas. Alma é só uma porção de lama modelada, que deve se manter úmida para permanecer maleável; se seca, endurece, quebra em infinitos pedaços e se dispersa como poeira. Preciso da água para continuar moldável, recuso-me a ser fixa. Rolo pela lama para me encharcar, sou essa existência que oscila entre água, terra, ar e calor, composição indefinível. Ouço um barulho vindo do peixe-luz, corro para perto dele na esperança de que esteja vivo. Meu rosto continua estático; dentro dele ressoa o barulho de vísceras. A barriga mole revolve em movimentos que se intensificam, o couro liso se rompe, do rasgo saem incontáveis filhotes que se atiram na água lamacenta e desaparecem. Retornarão para a profundidade, onde poderão acender no escuro-vazio.

Apesar de parada em superfície, por dentro sou profunda e cheia de vida. Dentro de mim, submersos, muitos seres que conseguem respirar debaixo d'agua, vidas flutuantes e pequenas, outras imensas, alimentando-se das vidas menores, que devoram o que cabe na boca. Até mesmo nas regiões abissais, mais escuras, assombradas, há vida. Monstros capazes de brilhar na ausência de luz, a gerar no próprio corpo a energia. Quando não há caminho, e estou submersa, os seres do abismo se tornam sinalização e via; fazem do escuro o motivo para resplandecer a luminância que produzem. Não sou livre como água corrente, em contrapartida sou profunda. De tanto chover, o abismo transbordou, posso enfim escorrer feito riacho, encontrar algum caminho novo, nem que seja para acabar em lama. Já é algum escape.

No infinito aquoso, os peixes voam.

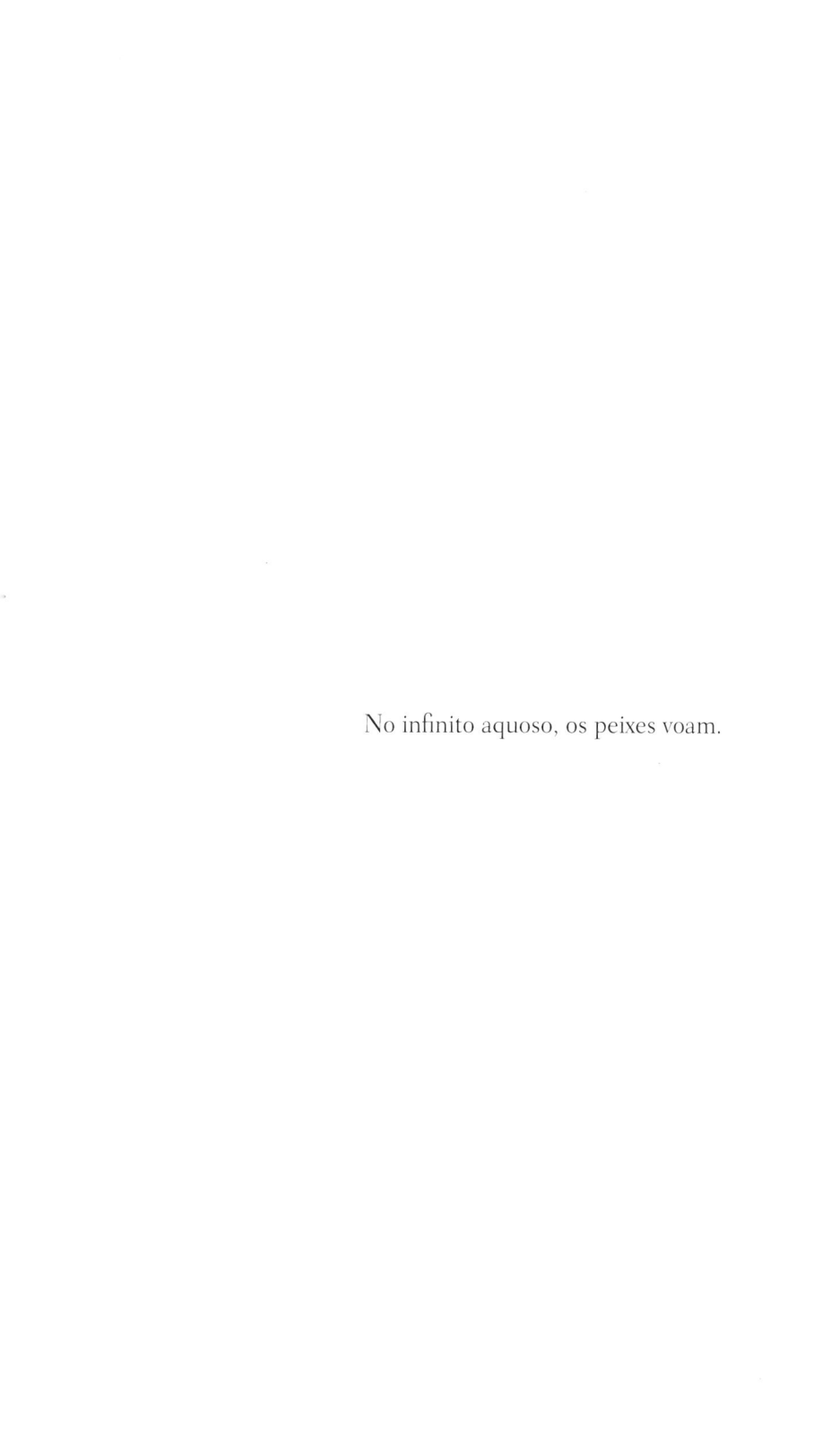

Vi o rabo da gata e corri atrás dela. Nos embolamos pelo chão, em simulada luta. Pela primeira vez me aproximei como igual e ela não correu, cheirou meu focinho, retribuí mordiscando a orelha dela. Corremos pelo apartamento, até cansar; as energias logo se refizeram e voltamos a desbravar o espaço, tudo muito maior do que sempre foi; as estantes com livros inalcançáveis, o sofá amplo, convidativo, cada coisa um obstáculo a ser superado. Posso me esgueirar por qualquer canto, possuo agilidade e destreza. A gata se joga sobre mim e corremos para debaixo da escrivaninha, de onde saímos atrás de bolinhas de poeira que fluem leves; as insignificâncias são um convite, as banalidades atiçam a curiosidade. No corpo felino as perspectivas são outras, quero preservar essa sensação de sonho em meu corpo. Repito para mim mesma, em pensamentos miados, para que jamais esqueça: posso ser uma gata.

Acordei com a sensação de estar a ponto de florescer. Por dentro nutro botão de flor escura, que ao desabrochar mostrará meu avesso, exalando cheiro de carne podre, para atrair moscas que ponham ovos em minhas carnes. Sinto o regozijo, botão é promessa de flor, pedaço de vida e possibilidade de semente, mesmo as que não atraem borboletas coloridas. A flor que brotará em mim é honesta, condizente com o que sou. Se sirvo às larvas, que me tomem e me fecundem, com seu fervilhar inquieto, da vida que freme em agônico êxtase. Trago no peito o incômodo de um botão. É sombria, mas é uma flor.

Estou nua e montada numa girafa. Vejo as janelas dos prédios, salas vazias, luzes acesas, cortinas ao balanço do vento. Apenas eu, na besta gigante; meu corpo sobre os pelos grossos, intimidade roçando no lombo quente; desconheço se macho ou fêmea, importa que é uma girafa, livre das imposições do próprio sexo. Não há carros, nem gente, só silêncio e vazio; tudo é plácido e faz sol, meu corpo sua, aquecido pelos raios que penetram a pele. Meu cheiro se funde ao ranço da girafa; também sou animal, existo em mim mesma, para o nada. Ao longe, avisto um velho sobre um búfalo, não estou tão sozinha quanto supus. Percebo também algumas crianças, escondidas com os macacos que fazem algazarra na copa de uma árvore. Há ainda pombos, muitos, e ratos, e baratas. No chafariz, uma mulher profana se banha de água e luz com um hipopótamo, ela mostra os dentes escandalosos, sem o menor pudor de me entregar um sorriso desnudo. A girafa se aproxima da árvore, uma das crianças atira um jambo, as outras imitam, acompanhadas pelos macacos. Tento agarrar um dos frutos, apalpando o ar até um deles pousar entre meus seios; as crianças sorriem. Meus lábios beijam a casca lisa, o caldo doce escorre ao cravar os dentes, é como comer rosa branca, doce, perfumado. O jambo preserva na carne o gosto da flor que um dia foi. E eu, que preservo? Que gosto tem meu corpo? Estou nua e livre, deixo as perguntas sem respostas, há coisas que não precisam de retornos, pergunto para conhecer o Mistério. Faz sol, isso é tudo o que importa.

Não desista, repito para mim mesma, veja ao redor o que tem cor. Aprenda a apreciar a beleza do desbotado, da decadência, do vazio. Encontrar poesia na repetição, a vida é assim mesmo, não desista. Ainda tem pão quente, ainda tem nuvens, ainda tem cheiro de roupa limpa, ainda tem alguém que sorri na rua, ainda há quem se abrace, ainda há quem se ame, ainda há quem abra janela e sinta a brisa, ainda há dias de sol. Insistirei: não desisto, ainda.

Lista de coisas para viver

Ouvir música
Agendar a castração da gata
Fazer exames
Tratar a micose da unha
Comprar frutas
Caminhar no parque
Trocar o chuveiro
Providenciar pantufas
Estocar comida
Comprar uma bolsa vermelha

Ao escrever isso, fechou o caderno.

Sol entre nuvens

Decidiu sair para caminhar. O tênis não combinava com a legging, que não combinava com a camiseta. E estava bem assim, desordenada.

Descobriu que caminhar era uma boa forma de drenar as águas represadas no corpo, expondo na pele o que trazia por dentro.

Ao voltar para casa, passou no supermercado. Pegou uma cesta, mas logo ficou pequena e trocou por um carrinho. Precisava de muitos pacotes e latas para ocupar o escuro dos armários. Pegou biscoitos e chocolates. Há quanto tempo não se entupia de doce de leite ou mamava leite condensado direto na lata? Ah, queria essas alegrias bestas, que morresse diabética, o sangue denso como calda de maçã do amor, se faria feliz um tanto que fosse.

Passou na padaria, virou a cara para os bolinhos de chuva, pediu pães de queijo e sonhos. Enquanto a moça pesava, ela puxou conversa:

– Qual seu nome?

– Daiany – respondeu desconfiada.

– O meu é Sonia. Sempre gostei de saber o nome dos alunos, isso mostra que são importantes.

A moça nada entendeu e sorriu. Era o que importava, sorrir ainda e apesar de.

Este livro foi composto em Fairfield LT Std no papel
Pólen Natural para a Editora Moinhos enquanto
Crazy for Your Love, na voz de Charles Bradley, tocava.

*

Uma audiência sobre o PNLL - Plano Nacional do
Livro e Leitura - acontecia durante o mês de abril
no intuito de fomentar a leitura no país.